Anna Lena Pachatz

Gürtelmörder

Alle Rechte der Verbreitung, auch durch Film, Funk und Fernsehen, fotomechanische Wiedergabe, Tonträger, elektronische Datenträger und auszugsweisen Nachdruck, sind vorbehalten.

Für den Inhalt und die Korrektur zeichnet der Autor verantwortlich.

© 2025 united p.c.
in der novum publishing gmbh
Rathausgasse 73, A-7311 Neckenmarkt
office@united-pc.eu

Gedruckt in der Europäischen Union auf umweltfreundlichem, chlor- und säurefrei gebleichtem Papier.

www.united-pc.eu

Prolog

In der Küche saß der neunjährige Aloisius am Küchentisch und malte. Sein Vater kochte das Essen. „Wann kommt Mama?" „Bestimmt ist sie bald da. Nur noch ein paar Minuten." Aloisius hatte ein ungutes Gefühl. Seine Mama kam nie zu spät. Wenn sie manchmal nicht pünktlich kommen konnte, rief sie an.

Bevor Aloisius überlegt hatte, was seine Mama aufhalten könnte, klingelte es an der Tür. Der Vater sagte: „Siehst du, sie ist schon da." Er ging zur Tür. „Was wollen Sie hier?" „Können wir rein-kommen?" Aloisius Vater kam mit zwei Polizisten an der Seite in die Küche. Dort setzten sich die Polizisten hin. Sie wirkten sehr vorsichtig. Als sie anfingen zu sprechen, wurde Aloisius bewusst, wieso. „Wir müssen Ihnen leider mitteilen, dass ihre Frau gestorben ist." Ab hier stieg Aloisius aus der Unterhaltung aus. Er nahm nur einzelne Worte war: „Autounfall…betrunkener Fahrer…sofort tot." Aloisius war nicht traurig. Irgendwie war es, als hätten sich seine Gefühle ausgeschaltet.

„Komm, Aloisius. Geh ins Bett." Die Polizisten waren weg. Davon hatte Aloisius gar nichts bemerkt. Er ging ins Bett und versuchte einzuschlafen. Plötzlich wurde ihm bewusst, was heute passiert war. Seine Gefühle schalteten sich wieder ein. Er begann zu weinen. Aloisius wollte zu seinem Vater. Diesen fand er in der Küche. Am Küchentisch standen fünf leere Bierflaschen. Das irritierte Aloisius. Sein Vater durfte keinen Alkohol trinken. Seine Mama hatte ihm einmal erzählt, dass sein Vater vor fünfzehn Jahren vom Alkohol krank geworden war. Zwar war er jetzt wieder gesund, aber nur ein Tropfen Alkohol würde dazu führen, dass er wieder krank werden würde. Der Vater drehte sich zu Aloisius. „Verschwinde! Lass mich in Ruhe!" Unfähig sich zu bewegen, blieb Aloisius, wo er war. Sein Vater kam auf ihn zu. Immer noch konnte er sich nicht bewegen. Die Ohrfeige, die sein Vater ihm gab, warf ihn zum Boden.

1

Im Wartezimmer des Arztes dachte Lisa Schmid noch einmal über die letzten Wochen nach. Sie hatte sehr viel durcheinandergegessen und sich mehrmals übergeben, weshalb sie und ihr Mann hofften, dass ihr Kinderwunsch bald wahr werden würde. Sie wurden in den Behandlungsraum gerufen. Während dem Ultraschall erklärte die Ärztin, was sie auf dem Bildschirm sah:

„Ja, Sie sind schwanger. Ungefähr zehnte Woche. Aber es wird nicht nur ein Kind, es werden zwei. Über das Geschlecht kann ich Ihnen jetzt noch nichts genaues sagen." Lisa und ihr Mann Tom waren so glücklich wie noch nie.

Während der Erstellung des Mutterpasses läutete Lisas Telefon. Auf dem Voitsberger Rathausplatz war eine Leiche gefunden worden. Vor einigen Tagen hatte es schon einen weiteren, bisher unaufgeklärten, Mord gegeben, bei dem neuen Fall gab es Ähnlichkeiten. Als Profilerin sollte sie sich den Tatort ansehen. Sie ließ den Mutterpass schnell fertig machen, bevor sie losfuhr.

Als Lisa am Tatort ankam, waren die Leute von der Spurensicherung bereits fertig. Sie sah sich die am Boden liegende Leiche an. Es war ein Mann mit drahtigem Körperbau, der im auffallendem Kontrast zu seinem Bierbauch stand. Er hatte kurze, dunkelbraunen Haare. Am Hals befanden sich Würgemale. Inspektor Michael Unterhuber ging zu ihr und zog das Hemd des Toten nach oben. Am ganzen Körper hatte er Hämatome. „Die hatte der andere auch. Auch ihm wurden die Verletzungen vor dem Tod zugefügt. Vermutlich hat der Täter einen Gürtel benutzt. Mit diesem wurden die Opfer dann auch erwürgt." Lisa Schmid sagte nachdenklich: „Ich gehe davon aus, dass der Täter die Opfer für irgendetwas Bestrafen wollte. Der Gürtel ist möglicherweise ein Symbol. Ich gehe von weiteren Opfern in den nächsten Tagen aus".

Auf der Polizeidienststelle ging Lisa die Akten zu den zwei Fällen durch. Der erste Tote hieß Elma Thomson, war 25 Jahre alt und ledig. Er sah dem zweiten Opfer ein wenig ähnlich. Auch er hatte eine drahtige Figur, die nicht zum Bierbauch passen wollte und kurze dunkelbraune Haare. Genauso wie der andere Tote hatte er am ganzen Körper blaue Flecken, die, laut der Meinung des Rechtsmediziners, von einem Gürtel stammten. Mit diesem waren beide Opfer stranguliert worden. Der zweite Tote hieß Hubert Huber, war 48 Jahre alt, verheiratet und war in Kuba geboren worden. Frau Huber hatte ihn vor fünf Tagen als vermisst gemeldet. Seine Eltern waren nach Österreich zurückgekommen, als Herr Huber vier Jahre alt war. Lisa hängte die Fotos von beiden Toten an eine Pinwand. Sie sah sich die Bilder an und machte sich Notizen für ihr Täterprofil. Dass die Opfer sich so ähnlich sahen, sprach dafür, dass der Täter eine prägende Erfahrung mit einem Menschen ähnlichen Aussehens gemacht hatte. Der Gürtel schien für den Täter irgendwie einen Zusammenhang mit der Person zu haben, die er in den Opfern wiedererkannte. Die beiden Opfer wurden nicht an dem Ort getötet, wo sie aufgefunden worden waren. Der Täter musste ein Fahrzeug besitzen, um die

Leichen zu transportieren. Doch ansonsten konnte sie auf die schnelle nichts feststellen.

Am Abend sah Lisa sich die Ultraschallbilder noch einmal an. Sie war sich sicher, des es zwei Töchter werden würden. Sie stellte sich vor, wie sie die beiden in ein paar Jahren in den Kindergarten bringen würde. Vor ihrem inneren Auge spielte sich ein erster Schultag von zwei Mädchen ab. Darauf folgten zwei Teenagerinnen in kurzen Jeans und hübschen T-Shirts. Lisa merkte, dass in ihrer Fantasie immer eineiige Zwillinge vorkamen. Dabei war noch nicht einmal klar, ob es wirklich zwei Mädchen waren. Doch so oder so, ihr Leben und das ihres Mannes würde sich für immer verändern.

Rückblende 1

Aloisius saß am Grab seiner Mutter. Sein Vater war nicht bei ihm. Er hatte Angst davor, was ihn zuhause erwarten würde. Denn sein Vater wollte nicht an die Mutter denken müssen, darum trank er zu viel. Aloisius wusste, dass der Vater nicht wollte, dass er das Grab der Mutter besuchte, denn dies erinnerte den Vater an seine Frau.

Zuhause angekommen, stellte Aloisius fest, dass sein Vater im Wohnzimmer auf der Couch lag und seinen Rausch ausschlief. Dies würde nichts bringen, wusste Aloisius. Sobald der Vater wach werden würde, würde er wieder Bier wie Wasser trinken. Davor hatte Aloisius die größte Angst, denn je mehr Promille sein Vater intus hatte, desto härter waren die Schläge.

Am nächsten Morgen ging Aloisius in die Küche. Er erschrak, als er seinen Vater dort sah. In der einen Hand hielt dieser ein Foto seiner verstorbenen Frau, in der anderen einen Gürtel. Siedend heiß fiel Aloisius ein, dass er dieses Foto gestern am Tisch vergessen hatte. Sein Vater kam auf ihn zu. Aloisius sah den Gürtel auf sich zukommen.

Er hielt sich zum Schutz die Arme über den Kopf. Die Schläge waren kaum zu ertragen. Doch für Aloisius waren die Schläge nicht das Schlimmste. Am meisten quälte ihn die Gewissheit, dass es keine Gerechtigkeit geben würde.

Schon beim Tod seiner Mutter hatte die Gerechtigkeit gefehlt. Der Unfallverursacher, der betrunken im Auto gesessen hatte, war mit einer Bewährungsstrafe und einem vorübergehenden Führerscheinentzug davongekommen. Sein Vater würde nie erfahren, was es hieß, jeden Tag geschlagen zu werden. Ohne was dafür zu können. Niemals würde irgendjemand seinen Vater mit diesem Gürtel schlagen, bis er vor Schmerzen schreiend und weinend am Boden lag.

2

Auf der Polizeidienststelle besprach Lisa mit Inspektor Michael Unterhuber das vorläufige Täterprofil. Danach sahen die beiden gemeinsam alle alten Akten durch. Sie fanden einen möglichen Täter. Dieser hieß Magnus Magnusson, war 67 Jahre alt und geschieden. Er war vor 18 Jahren polizeilich in Erscheinung getreten. Damals hatte er die Männer, mit denen seine Frau fremdgegangen war, umgebracht. Viele dieser Männer hatten Ähnlichkeiten mit den jetzigen Opfern. Er war damals in eine psychiatrische Klinik eingewiesen worden, weil ihm jegliches Schuldbewusstsein fehlte. Seit drei Jahre lebte er nun auf freiem Fuß. Damit standen für Lisa heute zwei Befragungen an. Eine mit Frau Huber, der Ehefrau des zweiten Toten, danach die mit dem Verdächtigen.

Das Haus von Frau Huber war groß und weiß verputzt. Lisa klingelte an der Tür. Frau Huber sah müde aus. Ihre Augen waren rotgeweint. Sie brachte Lisa in die Küche. Es war ein modern eingerichteter Raum mit großen Fenstern, die viel Licht hineinließen. Regentropfen klopften an die Scheiben. Lisa fragte: „Sind Sie bereit ein paar Fragen zu beantworten? Ansonsten kann ich auch in ein paar Tagen wiederkommen." Die Frau schüttelte den Kopf und sagte: „Es geht schon." Lisa achtete genau auf die Körpersprache der Frau, während sie die Befragung begann. „Was war Ihr Mann für ein Mensch?" „Er war ein freundlicher, liebevoller Mensch, der gerne auf die Nachbarskinder aufgepasst hat. Elias, ein Nachbarsjunge, sitzt seit einem Sturz vor drei Jahren im Rollstuhl. Er hat seitdem nur mehr mit seinen Eltern und meinem Mann gesprochen." Lisa spürte, dass diese Frau die Wahrheit sagte. Sie nahm sich vor, den Buben auch noch zu befragen.

„Hat ihr Mann sich in den letzten Tagen irgendwie verändert, gab es besondere Vorfälle?" Die Frau antwortete: „Er hat mir erzählt, er habe sich verfolgt gefühlt. Aber er hat sich selbst darüber lustig gemacht, sagte, dass er wohl langsam anfing, wunderlich zu werden." Die Frau fing zu weinen an. Die Befragung war doch zu viel gewesen.

Lisa wollte die Frau trösten, doch ausgerechnet jetzt wurde ihr schlecht. „Ich bin gleich wieder da!" Die Toilette hatte Lisa schon auf dem Weg zur Küche bemerkt.

Nachdem es ihr oft übel wurde, hatte sie damit begonnen, sich bei Betreten eines Hauses nach der Toilette umzusehen. Als die Spülung rauschte und Lisa das Badezimmer verließ, sah Lisa, dass Frau Huber mit besorgtem Blick im Türrahmen stand. "Ist alles in Ordnung Frau Schmid?" „Keine Sorge, mir geht es gut." Normalerweise sprach Lisa nicht mit Zeugen über ihr Privatleben, doch sie hoffte, die Frau würde sich durch den Themenwechsel beruhigen. Darum erzählte sie von ihrer Schwangerschaft und von den zwei Babys. Der Themenwechsel hatte wirklich geholfen. Lisa konnte Frau Huber nun nach Elias' Adresse fragen.

Das Haus von Familie Müller war gelb gestrichen. Eine Rampe führte auf die Veranda. Lisa konnte schon von außen sehen, welches Zimmer dem achtjährigen Sohn der Familie gehörte. Es war im Erdgeschoß. Die mit Bärenbildern übersäten Vorhänge waren zugezogen. Als Lisa an der Tür klingelte, öffnete eine ältere Dame, welche dem Alter nach kaum die Mutter sein konnte. Auf Nachfrage gab sie an, die Oma von Elias zu sein.

Jedes Mal, wenn Lisa einen drei-Generationen- Haushalt besuchte, musste sie daran denken, dass so etwas bei ihrer Familie unmöglich gewesen wäre. Schon nach wenigen Tagen hätte es vermutlich Tote gegeben. Den wahren Grund für die Spannungen zwischen Lisa und ihrer Großmutter hatte die Mama von Lisa nie erfahren. Lisas Großmutter hatte oft auf Lisa aufgepasst, wenn die Eltern keine Zeit hatten.

Doch was die Eltern nicht gewusst hatten: die Oma von Lisa hatte ihre Enkeltochter bereits im Kindergartenalter geschlagen. Lisa hatte aus Angst, man könne ihr nicht glauben, jahrelang geschwiegen. Erst nach dem Tod der Großmutter vor ein paar Jahren hatte sie ihr Schweigen gebrochen. Ihre Eltern und ihr Mann waren schockiert gewesen über die Dinge, die Lisa bereits in frühester Kindheit widerfahren waren. Ihr Mann hatte ihr damals versichert, wann immer sie darüber reden wollte, er würde ihr zuhören. Auch heute noch wachte sie manchmal aus den schlimmsten Albträumen auf, in denen ihre Oma Mechthilde sie verfolgte und quälte. Manchmal träumte sie aus der Perspektive des Kindes, welches sie einmal gewesen war, manchmal war sie in den Träumen aber auch erwachsen.

„Warum wollen sie denn mit Elias sprechen" riss die Stimme von Frau Müller sie aus ihren Gedanken. Lisa hasste es, jemanden eine Todesnachricht überbringen zu müssen: „Herr Huber ist ermordet worden, Elias kannte ihn sehr gut, da er unseren Informationen nach, manchmal als Babysitter aushalf. Wir brauchen alle Informationen über den Toten, um zu erfahren, wie er lebte." „Um Gottes willen! Wer ermordet den einen so netten Mann? Er hätte doch keiner Fliege was zuleide tun können!" Bloß gut, dass die Frau nicht herzkrank war, ging es Lisa durch den Kopf, sonst hätte sie vielleicht einen Arzt holen müssen. Die Frau brachte sie zu Elias´ Zimmer. Vor der Tür erläuterte sie noch: „Es gibt noch ein wenig Hoffnung, dass er irgendwann wieder gehen kann. Deswegen hat er sein Zimmer seit dem Unfall nie verändert."

Die Frau wandte sich zum Gehen, als Lisa noch eine wichtige Frage stellte: „Mir wurde gesagt, Ihr Enkel spreche seit dem Sturz nur mehr mit Ihnen, seinen Eltern und Herrn Huber. Wie kann ich ihn dann alleine befragen, außerdem ist er noch minderjährig?" Darauf antwortete die Oma: „Er ist gestern bei der Physiotherapie einen großen Schritt weitergekommen. Er konnte ein paar Meter am Laufband gehen. Darüber hat er sich so gefreut, dass er bestimmt auch mit anderen Menschen wieder sprechen kann. Hoffentlich verursacht der Tod von Herr Huber kein zu schlimmer Rückschlag"

In dem Zimmer war es dunkel. Elias wirkte zu alt für diesen Raum, es war das Zimmer des fünfjährigen Buben, der er einmal gewesen war. „Was ist eigentlich passiert, dass du jetzt im Rollstuhl sitzt?" versuchte sie Vertrauen zu dem Jungen aufzubauen. „Ich bin am Spielplatz von dem Klettergerüst gefallen. Aber bald kann ich wieder gehen, ganz bestimmt." Der Kleine grinste. Er hatte einige, altersübliche Zahnlücken.

Sie entschied sich, den Eltern die Überbringung der Todesnachricht aufzutragen. Diese kannten das Kind und würden daher die besseren Worte finden. Lisa stellte deswegen nur Fragen über Herrn Huber: „Ich habe gehört, jemand aus der Nachbarschaft passt manchmal auf dich auf? Wie ist der den so?" Der Bub erklärte: „Gleich nach dem Sturz haben ganz viele Leute gesagt, ich werde keinen Schritt mehr gehen. Nur er hat an mich geglaubt. Ich bin gestern ein paar Meter gegangen. Ohne ihn hätte ich das nie probiert." Lisa hoffte, dass der Junge auch ohne seinen Nachbarn weiter machen würde. Sie beendete die Befragung und fuhr zu ihrer Befragung des ehemaligen Straftäters.

Der Besuch dort stellte sich kürzer heraus als erwartet. Sobald Lisa erwähnte, weshalb sie kam, schlug ihr der Mann die Tür vor der Nase zu und schrie, er verweigere die Aussage. Also fuhr sie nach Hause.

In der Einfahrt ihres Hauses baute sie einen kleinen Unfall. Sie sah eine Frau, die ihrer Oma zum Verwechseln ähnlichsah, an ihrem Haus vorbeigehen. Vor Schreck führ sie gegen eine Mülltonne, doch nichts ging kaputt. Das war ja gerade noch mal gut gegangen. Ihr Mann hatte den Lärm selbstverständlich gehört und kam sofort. Er merkte schnell, dass seine Frau völlig durch den Wind war und nur die alte Frau anstarrte. Nach ein paar Sekunden schüttelte Lisa den Kopf und ging ins Haus. Dort fragt ihr Mann was gewesen war. Nachdem sie es erzählt hatte, nahm er sie beruhigend in den Arm. „Wenn ich abergläubisch wäre, hätte ich sie für einen Geist gehalten," sagte Lisa. Ihr Mann fragte nach: „Kann man Geister eigentlich töten? Wenn deine Oma mal wirklich hier auftaucht, könnten wir ja mal schauen, ob das geht".

Dadurch kam Lisa eine wichtige Idee. Sie holte ihren Notizblock aus der Tasche und las alles noch einmal durch. Es fiel ihr wie Schuppen von den Augen. Der Gürtel als

Tatwaffe, die blauen Flecken der Opfer, deren ähnliches Aussehen, wieso hatte sie nicht gleich daran gedacht. Sie suchten eine Person, die vielleicht von einem Familienangehörigen misshandelt worden war.

Rückblende 2

Aloisius musste seit dem Tod seiner Mutter alle Hausarbeiten erledigen. Er war von der Schule nach Hause gekommen, hatte Essen gekocht, das Geschirr abgespült, denn für eine Geschirr-spülmaschine hatten sie kein Geld. Er hatte Bier für seinen Vater gekauft, aber weil das Geld knapp war, nur ein paar Flaschen. Nun war er beim Putzen. Plötzlich kam sein Vater und beschwerte sich, dass kein Bier mehr da war. Bevor Aloisius sich rechtfertigen konnte, traf ihn ein Hieb seines Vaters ins Gesicht. Das machte er nur, wenn am nächsten Tag keine Schule war. Er wurde zu Boden geworfen, Tränen liefen über seine Wangen, mischten sich mit Blut. Aloisius hatte keine Gelegenheit aufzustehen, bevor sein Vater den Gürtel geholt hatte. Niemals wurde er den Rhythmus der Schläge, mit dem sein Vater ihn folterte, vergessen können.

Aloisius sehnte sich nach dem Montag, nach der Schule, die ihn einen halben Tag schützte. Vor seinem Vater konnte er am Wochenende nicht fliehen. Er durfte das Haus seit dem Tod seiner Mutter nur mehr für die Schule und zum Einkaufen verlassen. Einmal hatte er gewagt, gegen diese Regel zu verstoßen, um einen Freund zu besuchen. Sein Vater hatte mit dem Gürtel in der Hand auf ihn gewartet. Es war die bisher härteste Tracht Prügel gewesen. Die Tränen und das Blut hatten den Vater nicht zur Milde verleiten können, im Gegenteil. Zu sehen, wie sein Sohn litt, brachte den Vater erst recht dazu, weiter zuzuschlagen. Ihn zu Verletzen machte ihm Spaß. Er brauchte keinen wirklichen Grund, um seinen Sohn zu verletzen, bis er weinte und blutete.

3

Auf der Polizeidienststelle fand am nächsten Montag eine Konferenz statt. Nach einer kurzen Erläuterung für alle, die neu zum „Ermittlungsteam Gürtelmörder" hinzugekommen waren, ergriff der Rechtsmediziner das Wort: „Die Tatwaffe ist in beiden Fällen ein Ledergürtel. Die Schnalle ist sieben Zentimeter breit und aus Stahl. Der Erste hatte ein angebrochenes Schulterbein, der Zweite drei gebrochene Rippen. Beide haben in den Tagen vor ihrem Tod zu wenig Wasser getrunken, ihre letzte Mahlzeit war trockenes Brot." Zusammen mit den Verletzungen wies dies auf eine Gefangenhaltung vor der Tötung hin.

Der Rechtsmediziner übergab Lisa das Wort: „Ich gehe davon aus, dass der Täter in seiner Kindheit von einem Familienangehörigen ähnlichen Aussehens misshandelt wurde. Einem Verwandten mit dem er regelmäßig zu tun hatte, also höchstwahrscheinlich der Vater. Vielleicht aber auch ein Opa oder

Onkel, welcher sich regelmäßig um ihn kümmern musste. Er sieht in jedem Mann mit drahtigem Körperbau, kurzen dunkelbraunen Haaren und Bierbauch den Mann, der ihm schlimme Schmerzen zugefügt hat."

Immer wieder fragte Lisa sich, was einen Menschen dazu brachte, ein wehrloses Kind zu verletzen. Woraus sie ebenfalls nicht schlau wurde war, wieso sie bereits im Kindergartenalter geschlagen worden war, und sich trotzdem so anders entwickelt hatte als der Täter. Was entschied, wie ein Mensch mit solchen Erlebnissen umging? Warum brachte ein Mensch, der ähnliches erlebt hatte, wie sie Menschen um, während sie sich auf die Seite der Opfer stellte? Manche sagten, es seien die Gene, doch daran glaubte Lisa nicht. Vielleicht bestand der Unterschied darin, dass Lisa von allen Familienmitgliedern außer ihrer Oma geliebt worden war. Möglicherweise war diese Liebe eine Art Ausgleich für die Schmerzen gewesen, welche ihr jedes Mal, wenn ihre Eltern keine Zeit hatten, zugefügt worden waren.

„So, dann alle an die Arbeit!" zum zweiten Mal in kurzer Zeit wurde sie von einer Stimme aus ihren Gedanken gerissen. Diesmal war es die von Inspektor Unterhuber. Lisa wollte ins Büro vom Inspektor gehen und dort auf ihn zu warten, um ihn zu fragen, was sie tun sollte. Doch Michael holte sie ein und sagte: „Hatte ich recht als ich vermutete, dass du nicht zuhörst?" Seine Stimme klang halb amüsiert, halb besorgt. Es war Lisa peinlich, dass dieses Gespräch notwendig war. Sie sagte: „Es tut mir leid. Ich habe meine Aufgaben nicht mitbekommen und weiß auch den Termin für die nächste Konferenz nicht." Beschämt senkte sie den Blick. Michael wirkte jedoch eher besorgt als wütend.

„Du solltest alte Fälle von Kindesmisshandlung auf Täter mit dem passenden Aussehen durchsuchen, dass ins Opferprofil passt. Auch wenn es eher unwahrscheinlich ist, dort etwas Wichtiges zu finden, sollten wir jeden möglichen Hinweis nachgehen." Lisa nickte und wollte den Raum verlassen, doch Michael fragte noch: „Ist alles in

Ordnung? Du machst auf mich in letzter Zeit einen seltsamen Eindruck."

Von ihrer Oma hatte sie nie jemandem außerhalb der Familie erzählt. Und das alles, obwohl sie mit Michael in die Schule gegangen war und sie befreundet waren. Doch Lisa war sich nicht sicher, ob sie ihm von der gewalttätigen Großmutter erzählen sollte. Dann gab Lisa sich einen Ruck und erzählte ihm von ihrer Oma. Dabei ließ sie den kleinen Unfall vom Vortag nicht aus und erwähnte auch ihre Angst davor, jemanden davon zu erzählen.

„Warum beschäftigt deine Kindheit dich in letzter Zeit wieder stärker? Hat es irgendwelche besonderen Vorfälle gegeben?" fragte Michael. Lisa dachte an den Unfall, doch im Nachhinein betrachtet, sah diese ältere Dame ihrer Oma gar nicht so extrem ähnlich. Ihre Gedanken kreisten schon seit einigen Tagen um ihre Oma. Sie schüttelte den Kopf. „Irgendwie habe ich das Gefühl, dass meine Gedanken, seit ich am Täterprofil dieses Falles arbeite, um meine

Oma kreisen. Obwohl das eine nichts mit dem anderen zu tun hat."

Michael Unterhuber war da anscheinend nicht so sicher: „Deine Aufgabe kann einen Tag warten. Nimm dir ein bisschen Zeit, um zu überprüfen, ob es einen Zusammenhang gibt. Wenn ja könnte er wichtig sein, und du hast ein gutes Gefühl für seltsame Zusammenhänge. Dass hast du immer wieder bewiesen."
Sie war sich nicht sicher, ob es eine gute Idee war, daran zu arbeiten. Zwar war es für sie kein Problem, aber ihr Mann war ganz schön überbesorgt, seit die Schwangerschaft bestätigt worden war. „Ich weiß nicht recht. Erstens ist es extrem unwahrscheinlich, dass es einen Zusammenhang gibt, und zweitens macht sich mein Mann sorgen, ich könnte mich zu sehr stressen." „Gibt es dafür einen Grund? Auf mich wirkst du eigentlich recht entspannt."

Lisa fiel ein, dass er noch nicht wusste, dass sie schwanger war. „Ich bin schwanger. Er ist ein bisschen überbesorgt." „Ich glaube, dein Bauchgefühl stimmt. Und ich schätze, dass es vom Stress her möglich ist. Falls nicht, kannst du ja eine Pause machen und deinen Mann fragen."

Lisa wusste selbst, dass sie einen guten Instinkt hatte. Also suchte sie zuhause in ihrem Arbeitszimmer nach Hinweisen. Aber egal, wie lange sie suchte, es gab keinen einzigen Zusammenhang zwischen dem Fall und Ihrer Großmutter. Weil ihr nichts Besseres einfiel, suchte sie im Tagebuch ihrer, vor drei Jahren verstorbenen, Mutter. Ihre Mama hatte das Tagebuch geführt, seit sie schreiben konnte. Sie fand nur einen interessanten Eintrag, welcher 65 Jahre alt war. Damals war sie sieben Jahre alt gewesen und hatte erst wenige Monate zuvor schreiben gelernt.

Libes Tagebuch! Heute haben Mama und Papa ganz laut gestritten. Mama wont jetzt erst einmal bei ihrer besten Freundin. Ich habe Angst das sie sich schaiden lasen…

Elf Monate später hatten sie sich wieder vertragen. Irgendetwas sagte ihr, dass dieser

Eintrag wichtig war. Kurz dachte sie an den Spruch auf dem Grab ihres Opas: „Alles am Weib ist ein Rätsel" Auf seine Frau traf dies ganz gewiss zu.

Ihr Mann Tom kam von der Arbeit nach Hause. Er arbeitete als Krankenpfleger. Niemand kannte Lisa besser als er. Darum merkte er sofort, dass sie sehr angespannt war. Nach einer Erklärung stimmte er Michael zu, machte sich aber auch Sorgen: „Du hast das nie richtig verarbeitet. Bitte mach dir jetzt keinen Stress. Pass auf dich und unsere Kinder auf. Du weißt selbst, dass die ersten drei Monate als Risikozeitraum gelten" Er machte sich übertrieben viele Sorgen, weil die Ärztin sie als Risikoschwangerschaft eingestuft hatte, weil sie bereits 38 Jahre alt war. Das war lieb von ihm, aber es konnte auch nervig sein. Das sagte sie ihm auch. Er verstand das und versprach, zu versuchen es besser zu machen. „Du hast aber auch ein kleines bisschen Recht. Ich habe das nie verarbeitet. Es tut immer noch weh, wenn ich daran denke," gestand Lisa sich ein. Das hatte sie bisher nie getan.

Egal was ihrer Großmutter nicht gepasst hatte, ob Lisa überhaupt etwas dafürgekonnt hatte, die Oma hatte es an ihr ausgelassen. Dies war bis heute ein wunder Punkt bei Lisa. Schon damals hatte sie kaum Selbstbewusstsein gehabt. Diese Ereignisse hatten ihr das auch noch genommen.

Freunde zu finden war für Lisa deswegen schwer gewesen. Sie war in der Schule gemobbt worden. Ihr geringes Selbstwertgefühl und ihre damals noch rundliche Figur hatten sie zum perfekten Opfer für ihre Mitschüler gemacht. Ihre Eltern hatten nie etwas gemerkt, weil Lisa schon im Kindergarten immer wieder hatte lügen müssen, um die Blutergüsse zu erklären. Sie konnte so perfekt Lügen, dass es niemand merkte.

Doch vor ihrem Mann hatte sie keine Geheimnisse. Ihm konnte sie alles erzählen. Lisa und ihr Mann lebten in der seltensten Form einer Beziehung. Sie war sich sicher, jeder kannte den anderen mindestens genauso gut wie sich selbst. Und bald waren sie zu viert.

Rückblende 3

Aloisius hatte riesengroße Angst, als er von der Schule nach Hause ging. Wie würde sein Vater angesichts der Fünf in Mathe reagieren? Würde er Aloisius sehr große Schmerzen zufügen? Aloisius war sich sicher, dass sein Vater ihn gnadenlos zusammenschlagen würde. Er würde Aloisius zu einer Prüfung zwingen, so wie er ihn zur Matura zwingen würde. Aloisius wollte Tischler werden. Dafür brauchte er keine Matura.

Zuhause vor der Tür atmete Aloisius noch einmal tief durch. Dieses Haus glich der Hölle. Von außen sah das Haus wunderschön aus, doch innen war es voll mit leeren Bierflaschen und in jeder Ecke war irgendeine schreckliche Erinnerung. Verborgen für andere Menschen, aber jedes Mal aufs Neue traumatisierend für ihn. In jeder Nacht träumte er schreckliche Albträume, die nach dem Aufwachen weitergingen, ihn in der Schule ablenkten, zu schlechten Noten und somit auch zu weiteren Schlägen führten. Er kam aus diesem

Teufelskreis nicht heraus. Doch er hatte keine Wahl und ging ins Haus.

Dort stellte er sich seinem Vater. Flüchten konnte er nicht, weshalb alles andere sowieso keinen Zweck hatte. Die Schmerzen waren unerträglich. Er konnte sich nicht aufrichten. Das Atmen fiel ihm schwer. Vermutlich waren mehrere seiner Rippen gebrochen. Sollte jemand vor dem Sportunterricht in der Umkleide die blauen Flecken bemerken, war Aloisius von der Treppe gefallen oder gegen eine Tür gelaufen. So war es immer und so würde es bleiben, bis sein Vater irgendwann einmal starb. Aloisius hoffte, dass dies schon bald eintreten würde.

4

Lisa lag gefesselt im Wohnzimmer ihrer Oma. Diese stand direkt vor ihr. Die Großmutter hielt einen Gürtel in der Hand und schrie auf Lisa ein, weil diese frech gewesen war. Dann fing sie an, Lisa zu schlagen. Lisa zuckte zusammen, krümmte sich bei jedem Schlag mehr und mehr. Ihr Körper und ihre Seele taten furchtbar weh. Sie schrie vor Schmerz, doch noch nie hatte ein Nachbar sich gefragt, warum. Es schien den Nachbarn egal zu sein, dass ein Kind immer wieder vor Angst und Schmerzen schrie.

Weit entfernt, wie in einem Traum, hörte Lisa die Stimme ihres Mannes: „Wach auf Lisa! Was ist los?" Lisa blinzelte. Sie lag im Bett. Tom saß auf seiner Hälfte des Bettes und hatte sich über sie gebeugt. Es musste mitten in der Nacht sein, denn durch das Zimmerfenster kam kein Licht. Lisa murmelte verschlafen: „Ich habe nur geträumt. Es ist alles gut" Tom antwortete:

„Das hörte sich für mich gerade anders an. Du hast im Schlaf laut um Hilfe gerufen und geweint hast du auch. Was hast du denn geträumt, dass du solch Angst hattest?" Lisa zögerte mit der Antwort. Sie wollte nicht, dass ihr Mann sich Sorgen machte. Doch sie wollte auch nicht lügen. Also beantwortete sie seine Frage: „Ich habe von einer der schlimmsten Situationen in meiner Kindheit geträumt. Damals war ich drei Jahre alt. Meine Oma hat mich, weil ich frech zu ihr war, gefesselt und verprügelt. Egal wie laut ich auch geschrien habe, die Nachbarn hat nicht interessiert, warum ich solche Angst und solche Schmerzen hatte." Während der Erklärung hatte Lisa wieder angefangen zu weinen. Tom nahm sie liebevoll in den Arm. Er flüsterte ihr ins Ohr: „Du musst nicht immer die Starke sein. Glaub bitte nicht, es sei ein Problem, wenn du weinst oder Hilfe suchst."

Am nächsten Tag auf der Polizeistation durchsuchte Lisa alte Fälle von häuslicher Gewalt nach Tätern, die ins Opferprofil passen würden. Irritiert stellte sie fest, dass Magnus Magnusson einen gewalttätigen

Onkel hatte, auf den dies zutraf. Sie ging zu Michael und fragte nach den Akten zu den Magnusson Fällen. „Wieso ist das so wichtig?" wollte er wissen. Lisa antwortete: „Ich glaube da gibt es eine Verbindung." Das genügte dem Inspektor. Er gab ihr die Akten. In der ersten Akte über den Onkel fand sie nichts Auffälliges. Der Onkel war beim Aufpassen auf den Neffen ausgerastet und hatte ihn mit einem Stock verprügelt. Die zweite Akte war jedoch interessanter. Die Frau hatte die Affären immer geleugnet. Vor zwei Jahren war sie verschwunden. Waren die Affären Ausreden gewesen? War Magnusson ein Serienmörder? Sie brauchten unbedingt Magnussons Aussage.

Lisa ging zu Inspektor Unterhuber. Er sollte sich um den Haftbefehl kümmern. Doch das würde mindestens 24 Stunden dauern. Weil andere Ermittlungsansätze fehlten, und sie sich keine weitere Akte mehr ansehen konnte, ging Lisa nach Hause.

Am Abend hatte Lisa einen Kontrolltermin bei der Ärztin. Diesmal gab die Ärztin eine Prognose ab: „Es werden zwei Mädchen.

Zwei kleine Prinzessinnen. Beide gesund und munter. Wirklich sicher sein können wir aber erst in 4 bis 5 Wochen sein."

Lisa lächelte: „Das wird meinen Mann hoffentlich beruhigen. Er macht sich Sorgen, weil ich 38 Jahre alt bin." Die Ärztin sagte irritiert: „Das ist zwar in der Statistik ein Risiko, aber Ihnen geht es in der Schwangerschaft gut und ihre Babys sind gesund. Die Untersuchungen im Mutter-Kind-Pass sind alle in Ordnung und geben keinen Anlass zur Beunruhigung. Ich kann aber noch weitere Test durchführen, um Ihren Mann zu beruhigen".

Zuhause angekommen erklärte Lisa ihrem Mann, dass sie zur Sicherheit weitere Tests durchführen würde. Aber aller bisherigen Ergebnisse waren, wie zu erwarten, ohne Auffälligkeiten. Sie freuten sich auf ihre zwei Mädchen, doch Lisas Gedanken glitten zu dem Fall.

Auch wenn alles gegen Magnus Magnusson sprach, hatte Lisa Zweifel. Magnusson war vor drei Jahren aus der Anstalt für geistig abnorme Rechtsbrecher entlassen worden. Warum hätte er erst jetzt wieder mit dem Morden beginnen sollen? Wo war die Verbindung vom Fall zu ihrer Oma, die sie immer wieder gespürt hatte? Ein Schauer lief ihr über den Rücken. Sie glaubte nicht an Gespenster, aber einen Moment lang fragte sie sich, ob der Geist ihrer Oma seine Finger im Spiel hatte. Sie erschrak. Wurde sie nun schon verrückt?

„Was ist los Lisa?" Wenn das so weiter ging, konnte Lisa bald eine Strichliste anfangen, wie oft eine Stimme sie aus ihren Gedanken riss. Heute war es ihr Mann: „Du schaust so geschockt" Lisa musste ein paarmal tief durchatmen, um sich zu beruhigen. Dann erzählte sie Tom von ihren Gedanken: „Ich habe Zweifel ob der Hauptverdächtige in meinem Fall wirklich schuldig ist. Es spricht alles gegen ihn, aber für mich fehlt die Verbindung zu meiner Oma. Ich bin mir sicher, dass es eine gibt. Kurz habe ich mich gefragt, ob der Geist meiner Oma etwas damit zu tun hat. Inzwischen frage ich mich, ob ich nicht langsam verrückt werde."

„Wirst du nicht. Du machst dir so viele Gedanken, du brauchst einfach ein, zwei Tage Pause. Dann ist sicher wieder alles gut" Lisa sagte: „Ich darf keine Pause machen. Ich suche einen Serienkiller, da kann ich nicht einfach zwei Tage die Füße hochlegen. Das kann einem Menschen das Leben kosten. Es gibt sehr viele Männer mit kurzen braunen Haaren, drahtiger Figur und einem Bierbauch."

Tom sah erschrocken drein. Er sprach laut und mit ungewöhnlich schriller Stimme: „So sieht Niklas aus. Ein Schulfreund, mit dem ich immer noch Kontakt habe. Ich wollte ihn vor drei Tagen treffen, aber er ist nicht aufgetaucht und sein Handy war ausgeschaltet. Ich dachte mir nichts dabei, er hat schon öfter einen Termin vergessen. Aber ich wäre nie auf die Idee gekommen, dass er…" Lisa versuchte ihn zu beruhigen: „Es ist gut möglich, dass Niklas wirklich nur den Termin vergessen hat. Und selbst wenn, er ein Opfer des Serienkillers wäre, hätte er bisher nur ein paar blaue Flecken davongetragen hat. Die Opfer wurden immer vor ihrem Tod gefangen gehalten. Wir werden ihn finden, bevor ihm schlimmeres zustößt." Auch wenn Lisa so ruhig tat, machte sie sich Sorgen um den Mann. Sie kannte ihn flüchtig, wusste, dass er in einer Kleinstadt in der Nähe wohnte. Diese Stadt hieß Köflach. Sie fuhren sofort zur Polizeidienststelle, um zu veranlassen, dass nach Niklas gesucht wurde.

Michael Unterhuber kam sofort, als er hörte, dass es ein weiteres mutmaßliches Opfer gab. Er war eindeutig besorgt, nachdem er erfahren hatte, dass der Mann nicht zuhause war, und seit drei Tagen vermisst war, denn mit jeder Minute schwand die Wahrscheinlichkeit, ihn lebend zu finden. Sofort wurde eine Beschreibung des Vermissten an alle Streifen weitergeleitet. Lisa wollte jetzt nicht nach Hause. Sollte Niklas Bauer später wirklich tot aufgefunden werden, was sie natürlich nicht hoffte … sie hätte sich das nie verzeihen können, wenn sie jetzt nicht alles ihr Mögliche getan hätte. Sie bat Michael Unterhuber, ein wenig Druck auf den Staatsanwalt auszuüben. Und sie bekamen tatsächlich den

Durchsuchungsschluss für das Haus von Herrn Magnusson.

Vor dem Haus von Magnus Magnusson herrschte ein riesiger Tumult. Die Polizisten wollten ins Haus, doch Magnusson wollte das um jeden Preis verhindern. War er doch der Täter? Was wollte er vor der Polizei verbergen? Hatte Lisas Bauchgefühl sich zum ersten Mal getäuscht? Das war bisher noch nie passiert. War sie vielleicht wirklich überarbeitet oder wurde langsam aber sicher verrückt? War ihr ein menschlicher Fehler unterlaufen? Oder steckte etwas ganz anderes dahinter, wovon sie jetzt nichts ahnten? Irgendwann musste Magnus Magnusson die Polizisten ins Haus lassen. Lisa suchte mit Michael das Erdgeschoss ab, als ein anderer Polizist sie in den Keller rief. Was sie dort sahen, raubte ihr schier den Atem.

Rückblende 4

Aloisius zitterte. Er wollte nicht stehlen, aber ihm blieb nichts Anderes übrig. Es war noch nicht einmal Monatsmitte und doch hatten sie kein Geld mehr. Wenn Aloisius kein Bier für seinen Vater mitbrachte, würde dieser ihn verprügeln, bis er schrie. Es gab keine Ausrede für den Fall, dass er es nicht schaffte. Er pachte die Flaschen in seine Einkaufstasche und verließ zügig, aber unauffällig das Geschäft.

Ihn plagte ein schlechtes Gewissen, aber nur so konnte er den Schlägen entgehen. Wenigstens eine Tracht Prügel ersparte er sich so. Angesichts all seiner blauen Flecken ein Tropfen auf dem heißen Stein, aber es war schon fast siebzehn Uhr und Aloisius war den ganzen Tag noch nicht verprügelt worden. In drei Stunden musste er ins Bett. Einen ganzen Tag ohne Schläge hatte er seit dem Tod seiner Mutter nicht mehr erlebt.

Nie würde Aloisius den Tag vergessen, als die Nachricht eintraf, dass seine Mutter überfahren worden und noch an der

Unfallstelle verstorben war. Anstatt sich um seinen Sohn zu kümmern hatte der Vater sich betrunken und war seitdem nie wieder nüchtern gewesen. Und Aloisius war seit diesem Tag übersäht mit Blutergüssen und hatte jeden Tag geweint. Aus Trauer. Aus Schmerz. Aus Angst. Vor nicht ganz zwei Jahren war das gewesen. Die Zeit davor war unglaublich weit entfernt. Eine liebevolle Familie mit einem fürsorglichen Vater, einem aufgeweckten neun Jahre alten Buben und einer netten Mutter. Von einen Tag auf den anderen zerstört. Übriggeblieben waren nur Tränen und Gewalt.

5

Lisa konnte kaum fassen, was sich in der Kellerwand befand. Hätte ihr jemand davon erzählt, hätte sie ihn sofort in eine Psychiatrische Klinik gebracht. Doch nun sah sie es mit eigenen Augen. In der Wand war eine Leiche einbetoniert. Der Kopf und die Hände standen aus der Mauer hervor. Dort erkannte man, dass die Leiche mit Unmengen Frischhaltefolie umwickelt war. Dadurch war es nicht möglich, den oder die Tote zu identifizieren. Doch Lisa ahnte, um wen es sich handelte.

Vor zwei Jahren war Magnussons Exfrau verschwunden. Er war ein Mörder und mit Sicherheit aggressiv, doch war er auch der gesuchte Serientäter? Noch immer hatte sie Zweifel. Er hatte als Motiv die Untreue seiner Frau und die Rache an ihren vermuteten Liebhabern. Diese hatten aber ein völlig unterschiedliches Aussehen gehabt. Weshalb hätte er seine Frau jetzt umbringen sollen? Lisa war überzeugt. Sie suchten einen anderen Mann. Oder eine Frau. Einen Geist?

Nach und nach machte Lisa sich wirklich Sorgen, verrückt zu werden. Zum zweiten Mal in kurzer Zeit dachte sie an Geister. Ihre Oma spukte ihn ihrem Kopf herum. Die Erinnerung an die höllischen Schmerzen hatte sie nie verkraftet. Ihre Seele würde wohl nie wieder ganz heilen. Niemals würde sie normal über ihre Kindheit sprechen können. Die Schläge ihrer Oma, das Mobbing ihrer Mitschüler, eigentlich war es kein Wunder, wenn sie psychische Probleme hatte. Sie entschied sich, demnächst zu einem ihrer Kollegen zu gehen und sich durchchecken zu lassen.

Magnusson verweigerte seine Aussage. Deswegen nutzte Lisa die Zeit, um einen Kollegen im Internet zu suchen. Sie fand einen Herrn Jemer, der, als einziger in der näheren Umgebung auch Diagnostik betrieb. In einem Telefonat machte sie klar, dass sie dringend einen Termin brauchte und bekam, dann einen am gleichen Abend.

Bei dem Termin musste sie einen Fragebogen ausfüllen und auch ein IQ-Test wurde gemacht, der in ihren Augen völlig überflüssig war.

Auf dem Weg nach Hause überlegte Lisa, ob sie ihrem Mann von ihrem Termin erzählen sollte. Was würde er davon halten? Er verstand die Sorgen seiner Frau zwar, fand sie aber auch etwas übertrieben. Aber was sollte er denn dagegen haben, wenn seine Frau weniger Sorgen hätte? Tom machte sich sowieso immer noch Gedanken, dass Lisas Stress den Babys schaden könnte. Außerdem wollte sie ihn nicht anlügen.

Zuhause angekommen erklärte Lisa Tom, wo sie gewesen war. Er wirkte ein wenig besorgt, sagte aber nichts dazu. Stattdessen fragte er: „Sollten wir nicht langsam mal Babyklamotten kaufen?" Lisa fragte irritiert: „Wieso schon jetzt? Wir haben doch noch sechs Monate Zeit." Tom antwortete: „Ich dachte, es würde dich ein bisschen von deiner Arbeit ablenken. Und wenn unsere Töchter dann auf der Welt sind, wird es hoffentlich noch ein paar Jahre dauern, bis sie immer die neueste Mode anziehen wollen." „Wenn sie mir nach sind, fangen sie schon im Volkschulalter an ihren eigenen Stil zu entwickeln. Dann wollen sie nicht immer neues Gewand. Oder zumindest nur das, was zu ihren eigenen Looks passen wird. Aber jetzt haben sie noch kein Mitspracherecht." sagte Lisa und stimmte zu.

Im Geschäft in der Kinderabteilung gab es eine große Auswahl an Kleidung für Babys. Es machte Lisa Spaß einzukaufen. Ihr Mann kam mit zwei rosaroten Tüllkleidchen: „Was haltest du davon?" Lisa antwortete: „Wir sind ja noch nicht hundertprozentig sicher, ob es auch tatsächlich Mädchen werden. Haben wir einen besonderen Anlass mit den Kleinen geplant? Aus meiner Sicht ist es nicht notwendig, ein kleines Kind den Klischees entsprechend zu kleiden. Schon gar nicht im Alltag" Tom brachte die Kleider zurück. Lisa fand ein weißes T-Shirt mit blauer Jean. Auf der Jean waren kleine goldene Herzchen. Das gefiel Lisa. Die beiden Kleinen würden sehr süß aussehen, ohne übertrieben niedlich angezogen zu sein. Lisa zeigte diese Kleidung ihrem Mann.

Auch er fand dieses Gewand süß. Damit hatten sie schon einmal ein Outfit für den Nachwuchs. Drei wollten sie mindestens haben. Schon brachte ihr Mann ein weißes ärmelloses Oberteil mit zitronengelben Punkten und einer Leggins mit demselben Muster. Außerdem fand Lisa einen rosa-weiß gestreiften Strampelanzug mit einer Katze auf der Brust.

Von der Einkaufstour nach Hause gekommen sahen Lisa und ihr Mann sich die Ultraschallbilder an und schrieben eine Einkaufsliste für die nächsten Monate. Kinderwagen, Babybett, Wickel-tasche mit: Lätzchen, Stoffwindel, Babyflasche, Babysalbe, Babyschale, Kuscheldecke, Schnuller und alles mal zwei.

Am nächsten Morgen bekam Lisa einen Anruf von Michael. In Köflach war eine männliche Leiche aufgetaucht. Die Beschreibung von Niklas Bauer passte haargenau. Lisa war schockiert. Sie fuhr sofort nach Köflach. Im dortigen Wald hatte der Pfarrer bei seinem allmorgendlichen Meditations-Spaziergang die Leiche gefunden. Am Tatort angekommen stellte Lisa fest, dass in der Nähe des Tatortes eine Schule stand. Michael erwartete sie bereits und führte Lisa zum Tatort.

Die Leiche lag direkt auf dem Wanderweg. Und sofort war Lisa klar: Das war Niklas. Der Pfarrer saß auf einem Baumstumpf. Lisa fragte Michael: „Wurde der Pfarrer schon befragt?" „Nein, der Mann betet seit einer halben Stunde ununterbrochen. Befragung bisher nicht möglich. Ist alles in Ordnung? Immerhin kanntest du den Toten." Lisa antwortete: „Es geht schon. Ich kannte ihn nur ganz flüchtig. Für meinen Mann wird es schlimmer sein. Der Tote war ein Schulfreund von ihm. Hoffentlich kommt er damit zurecht. Hat der Diener Gottes eigentlich einen Schock, oder ist der immer am Dauerbeten?" Michael wusste es auch nicht. „Eines ist klar, Magnus Magnusson ist nicht der Täter. Da er in Untersuchungshaft war, ist das beste Alibi der Welt." Lisa sah sich in ihrer Theorie bestätigt. Magnusson war ein Mörder, doch kein Serienkiller. Eine Vernehmung des Pfarrers war noch immer nicht möglich, also fuhren Lisa und Inspektor Unterhuber zur Polizeistation.

Dort angekommen rief Lisa ihren Mann an. Sie erläuterte ihm vorsichtig, was geschehen war. Er versprach, sofort zu kommen.

Tom hatte den dritten Toten gut gekannt und alle ermittelnden Polizisten hofften, er könne etwas zur Lösung des Falles beitragen. Doch er konnte nicht viel erzählen. Er hatte vor fünf Tagen mit ihm telefoniert. Nur eine wichtige Information konnte Tom der Polizei geben. Das Opfer hatte sich in den Tagen vor seinem Tod verfolgt gefühlt. Das hatte auch das zweite Opfer getan.

Am Montag fand die zweite Konferenz des „Ermittlungsteams Gürtelmörder" statt. Lisa schaffte es, eine Pressemeldung durchzusetzen, die ins Opferprofil passende Männer dazu aufforderte, sich sofort an die Polizei zu wenden, sollte ihnen etwas Verdächtiges auffallen. Dann kam der

Rechtsmediziner zu Wort: „Diesmal hatte der Täter Pech. Das dritte Opfer hatte dieselben Verletzungen wie die vorherigen und eine gebrochene Nase auch, die Tatwaffe war dieselbe. Aber wir haben zum ersten Mal DNA denn…" Er holte ein Plastiksackerl aus seiner Hosentasche „Wir haben dieses Haar an der Kleidung des Toten gefunden." Lisa wusste nicht, wie ihr geschah. Sie saß direkt neben dem Rechtsmediziner und konnte das Schwarze Haar mit leichten Wellen eindeutig einer Person zuordnen. Ihr wurde schwindelig, dann wurde es dunkel und sie fiel vom Sessel.

Rückblende 5

Aloisius lag weinend auf dem Boden. Er konnte sich nicht bewegen. Die Schmerzen waren unerträglich. Er versuchte aufzustehen, doch schon eine winzige Bewegung tat so weh, dass er aufschrie vor Schmerz. Sein Vater schlug nicht noch einmal zu, sondern zischte wütend: „Und wehe du lässt dich noch mal erwischen." Aloisius sollte in einem Geschäft Bier für seinen Vater stehlen, weil kein Geld mehr zuhause war. Arbeitslosengeld und Kinderbeihilfe reichten kaum eine Woche aus. Aloisius` Nebenjobs konnten den Alkoholkonsum seines Vaters nicht ausgleichen. Doch Aloisius war erwischt worden und hatte nichts mitnehmen können. Gott sei Dank hatte die Ladenbesitzerin auf eine Anzeige verzichtet. Doch einen Anruf bei seinem Vater hatte Aloisius nicht verhindern können.

Am nächsten Tag in der Schule wurde Aloisius von einem Mitschüler gefragt: „Wieso hast du ein blaues Auge" Aloisius behauptete gegen eine Tür gelaufen zu sein. „Sieht dir mal wieder ähnlich! Immer mit den Gedanken irgendwo, nur nicht da, wo du sein solltest. Mich wundert es nicht, dass du dich auf Grund deiner Zerstreutheit verletzt." Die Verletzungen waren der Grund für Aloisius Zerstreutheit, aber er konnte das seinen Mitschülern nicht erklären.

Manchmal hatte Aloisius fast Mitleid mit seinem Vater, denn auch dieser hatte es nicht immer leicht gehabt. Aloisius Oma hatte seinen Opa und seinen Vater kurz nach der Geburt des Vaters verlassen und nie versucht Kontakt mit einem der beiden aufzunehmen. Als der Vater vier Jahre alt gewesen war, war der Opa gestorben, und der Vater musste in ein Heim. Vor drei Jahren war aufgedeckt worden, was für schlimme Dinge den Kindern dort widerfahren waren. Sie hatten für sich selbst sorgen müssen und waren oft nur zum Spaß der Betreuer geschlagen worden. Und dann war vor mittlerweile acht Jahren die Frau des Vaters bei einem Unfall um das Leben gekommen. Doch je länger Aloisius die Schläge seines Vaters ertrug, desto mehr verschwand sein Mitleid und sein Verständnis, desto größer wurde der Hass.

6

Lisa öffnete die Augen, um sie im nächsten Moment wieder zu schließen. Alles war so hell, dass es ihr in den Augen weh tat. Wo war sie? Was war geschehen? Sie zwang sich, die Augen noch einmal zu öffnen. Es dauerte ein paar Sekunden, bis Lisas Augen sich an das Licht gewöhnt hatte. Sie lag in einem Bett, dass in einem Weiß eingerichteten Raum, mit in derselben Farbe gestrichenen Wänden befand. Neben ihrem Bett stand ein weiteres. Offenbar war sie im Krankenhaus. Doch wie war sie hierhergekommen? Und warum?

Eine Ärztin betrat den Raum: „Sie sind wieder aufgewacht. Dann können sie hoffentlich mitteilen, was sie so erschreckt hat, dass sie mit Herzrasen hierhergebracht wurden. Der Grund dafür war kann nur ein großer Schock gewesen sein." Lisa erläuterte, was geschehen war. Sie nahm die Antwort der Ärztin nicht wirklich war. Das Haar war eindeutig von ihrer Oma gewesen. Aber das konnte doch gar nicht sein, das war unmöglich. Ihre Oma war vor Jahren gestorben. Woher kam dieses Haar? Und wie kam es an die Leiche? Doch dann fragte sich Lisa, ob sie nun endgültig den Verstand verlor. Das Haar, welches an der Leiche gefunden worden war, war einfach nur ein schwarzes Haar mit leichten Wellen. Es gab enorm viele Menschen mit solchen Haaren, das hatte nichts zu bedeuten, und außerdem war DNA am Haar gefunden worden war, aber das Ergebnis der Analyse stand noch aus.

Lisa fragte die Ärztin: „Wann darf ich wieder nach Hause?" Die Antwort lautete: „Sie sollten eine Nacht zur Beobachtung bleiben. Wenn da alles unauffällig ist, kann ich Sie guten Gewissens nach Hause schicken."

Die Nacht verlief ohne Zwischenfälle und so konnte Lisa ihren nächsten Termin bei Jemer wahrnehmen. Dessen Befund beruhigte sie. Es lag kein Grund zur Besorgnis vor. Sie war wohl nur ein klein wenig gestresst. Auch ihr Mann freute sich, wobei Lisa vermutete, dass dies eher daran lag, dass sie nun weniger Sorgen hatte.

Obwohl der Tag eigentlich gut gewesen war, konnte Lisa in dieser Nacht nicht schlafen. Wieso war sie sich so sicher, dass es eine Verbindung zwischen ihrer Vergangenheit und diesem Fall gab? Und egal, wie sehr Lisa auch versuchte, sich einzureden, dass es Blödsinn war, sie war sich sicher, dieses Haar auf der Leiche war von ihrer Oma. Oder doch nicht? Suchte sie vielleicht eine Verbindung, die gar nicht existierte? Bildete sie sich das alles nur ein? Tom wachte auf. Selbst im Schlaf hatte er Lisas Angst bemerkt. „Was ist los? Ich merke doch das etwas nicht stimmt. Willst du es mir erzählen?" Lisa antwortete: „Irgendwie bin ich mir sicher, dass das Haar, welches auf der Leiche gefunden wurde, von meiner Oma sein muss. Aber ich weiß auch, dass das nicht sein kann. Ich suche seit Wochen eine Verbindung zwischen meiner Oma und dem Fall, habe aber nichts gefunden. Vielleicht gibt es ja doch gar keine und ich habe Zeit verschwendet und mitschuldig am Tod von Niklas" Ihr Mann antwortete: „Wenn du dir sicher bist, dass es einen Zusammenhang gibt, dann gibt es einen. Und bitte gib dir nicht die Schuld an Niklas´ Tod. Der Einzige, der etwas dafürkann, ist der Täter." Daran zweifelte Lisa: „Auch der Mann, der den Täter früher misshandelt hat, ist daran schuld. Natürlich sind diese schlimmen Erlebnisse keine Rechtfertigung für des Täters Taten. Aber er ist auch nicht ganz alleine schuld"

Immer wieder hörte Lisa von ihren Mitmenschen, nur der Täter sei schuld. Daran glaubte Lisa nicht. Wie sollte ein Mensch, der seine ganze Kindheit lang nur gelitten hatte, sich normal entwickeln können. Das Thema Psychische Erkrankungen war noch immer ein Tabuthema, weshalb manche Menschen traumatisierende Ereignisse jahrelang mit sich herumschleppten.

Die Gesellschaft mochte Menschen, die funktionierten, ihnen wurde keine Aufmerksamkeit geschenkt. Und wer nicht funktionierte bekam Probleme satt Hilfe. Wer in psychischer Behandlung war, traute sich nur selten, jemandem davon zu erzählen, was den Heilungsprozess erschwerte. Die Gesellschaft musste eindeutig weg von diesem „wer psychische Probleme hat, ist verrückt.". Vielleicht würde dann ihr Beruf nicht mehr so oft gebraucht, doch wenn sie nicht an einem Fall arbeitete, was eigentlich häufig so war, da sich die Anzahl der Serienkiller im Bezirk Voitsberg in Grenzen hielt, schrieb sie Bücher und konnte gut davon leben. Sie brauchte keine psychisch kranken Menschen, die sich und andere umbrachten, um Geld zu verdienen

Als Lisa 16 Jahre alt gewesen war und anfing, sich für Psychologie zu interessieren, hatte sie große Angst bekommen, durch ihre Oma und ihre Mitschüler selbst verrückt zu werden. Diese Befürchtung war nie zum Glück wahr geworden, doch ein Funken dieser Furcht war wohl geblieben. Wie sonst war ihr Termin bei Jemer zu erklären? Sie war froh, dass nichts dabei herausgekommen war.

Doch wieso glaubte sie noch immer, das Haar sei von der Oma? Irgendetwas sagte ihr, dass sie etwas Entscheidendes übersah, Das die wichtigste Information direkt vor ihrer Nase war, Lisa sie aber nicht sah. Oder nichts damit anzufangen wusste. Als sehe Sie den Wald vor lauter Bäumen nicht. Hoffentlich dauerte das nicht mehr lange, denn von ihr hingen Menschenleben ab. Was wusste ihr Unterbewusstsein? Wo war eine Verbindung oder bildete sie sich das alles nur ein.

Rückblende 6

Ein starker Schmerz riss Aloisius brutal aus dem Schlaf. Müde blinzelte er. Erst nach ein paar Sekunden hatten sich seine Augen an das Licht gewöhnt. Er erkannte, dass sein Vater neben seinem Bett stand, mit dem Gürtel in der Hand. Aloisius sah an der Uhr, dass er verschlafen hatte. Sein Rücken tat weh, als er sich anzog. Sein Vater gab ihm weitere Schläge, damit er sich beeilte. Als Aloisius das Haus verließ, weinte er. Bis er zur Schule kam, hatte er sich aber wieder beruhigt.

Man merkte nichts von seinen Schmerzen, als er gerade noch pünktlich in der Schule ankam. Seine Mitschülerin Sabine frage ihn trotzdem: „Ist alles in Ordnung Aloisius? Du wirkst so bedrückt". Sabine hatte eine gute Menschenkenntnis. Am liebsten hätte er ihr alles erzählt, doch er befürchtete, dass sein Vater ihn und einen möglichen Mitwisser umbringen könnte. Und auf keinen Fall wollte er einen so großartigen Menschen wie Sabine in Gefahr bringen. Darum behauptete Aloisius: „Es ist alles okay.". Sabine wirkte nicht überzeugt: „Wenn es ein Problem gibt, kannst du mir das immer sagen." Aloisius wurde rot. Sabine war das netteste und hübscheste Mädchen in der Klasse. Ein Grund mehr ihr nichts zu erzählen. Er durfte sie nicht gefährden.

In der ersten Unterrichtsstunde kam ihm ein Gespräch mit seiner Mutter in den Sinn. Damals wollte er wissen, woran man erkennen konnte, dass man verliebt war. Seine Mutter hatte ihm damals einige Anzeichen beschrieben. Und als er über diese Anzeichen nachdachte, fiel ihm auf, dass in Bezug auf Sabine alle Anzeichen zutrafen.

7

Lisa hatte die ganze Nacht nicht geschlafen. Der Fall, ihre Oma, dieses Haar und auch Magnus Magnusson. Auch wenn er nicht der gesuchte Serienmörder war, er war äußert skrupellos. Diese in bestimmt über hundert Schichten Frischhaltefolie eingepackte, in die Kellermauer einzementierte Leiche. Noch immer hatte er kein Wort gesagt. Wie könnte man ihn dazu bringen, die Wahrheit zu sagen? Lisa überlegte, welche Verhörtechnik ihn zum Reden bringen würde. Bei den früheren Morden hatte er gestanden, als er voller Wut auf die Ermordeten gewesen war. Lisa wurde klar, dass sie dem Verhör beiwohnen, musste.

Im Vernehmungszimmer legte Lisa ein Foto auf den Tisch. Es war das Hochzeitsfoto von Magnusson. Sie stellte eine Frage, mit der sie hoffte, ihn zum Reden zu bringen: „Wie war der Hochzeitstag?" Magnus Magnusson wirkte überrascht, dann antwortete er: „Damals war noch alles gut. Doch nach einem Jahr habe ich sie zum ersten Mal beim Fremdgehen erwischt. Anfangs habe ich ihr geglaubt, als sie sagte, sie würde es nie wieder tun. Doch nach dem dritten oder vierten Mal glaubte ich ihr nicht mehr. Doch ich dachte, diese Typen hätten sie verführt und sie könne nichts dafür. Doch als ich meine Strafe abgesessen hatte, habe ich es eingesehen. Sie ist die ganze Zeit über die Schuldige gewesen und hat sich über all die lange Zeit kein bisschen geändert. Sie war noch immer die gleiche Schlampe wie früher. Sie hatte kein Recht mehr zu leben. Ich habe nur für Gerechtigkeit gesorgt."

„Die Todesstrafe ist nicht gerecht und Ehebruch keine Straftat mehr. Dafür werden Sie viele Jahre ins Gefängnis kommen." Magnus Magnusson war weiterhin uneinsichtig. Er sah sich im Recht und wollte sich wehren, als er in Untersuchungshaft gebracht werden sollte. Er fing an sich mit dem Polizisten zu prügeln. Lisa schaffte es, dem Mann die Arme auf den Rücken zu drehen und ein weiterer Beamter legte Magnusson die Handschellen an. Der andere Ermittler blutete aus der Nase. Hoffentlich war er nicht schwer verletzt.

Magnus Magnusson war im Gefängnis, doch der Serienmörder war noch immer auf freiem Fuß. Und er war weit gefährlicher als Magnusson. Der „Gürtelmörder" brachte wahllos Menschen um. Magnusson hingegen brauchte ein Motiv, das in einem Zusammenhang mit seiner Frau stand, und sei dieses noch so absurd, er brauchte eines. Das Motiv dieses Serienmörders war das Aussehen der Opfer, und jeder Mann, der so aussah, schwebte in Lebensgefahr. Und Lisa verzweifelte beinahe, weil sie einfach nicht herausfand, wer es war. Wo war die Verbindung? Was hatte sie übersehen? Wer war der Täter? Was für ein Mensch war er? Wie sollte sie ihn finden? Welche möglichen Antworten hatte sie übersehen? Was war seit Wochen vor ihrer Nase, ohne dass sie es fand? Irgendetwas stimmte nicht, die wichtigste Information fehlte ihr noch und sie stocherte im Nebel, während die Polizei auf sie angewiesen war. Das Leben einiger Menschen im Bezirk hing an ihr. Konnte sie das überhaupt schaffen?

Sie bemerkte, dass sie immer noch auf der Stelle trat. Michael Unterhuber hatte ihr die

Aufgabe gegeben, die Verbindung zwischen ihrer Oma und dem Fall zu suchen. Doch sie musste erst einmal den Kopf freibekommen. Sie fuhr nach Hause, wo ihr Mann schon auf sie wartete. Natürlich wusste er, was los war. Er konnte wirklich ihre Gedanken lesen.

Er schlug ihr vor, sich Namen für die beiden Mädchen zu überlegen. Sie machten eine Liste, von möglichen Namen, schafften es aber nicht sich für zwei davon zu entscheiden.

Elisabeth, Maria, Andrea, Johanna, Sophie, Anja, Marie, Elisa, Hanna, Elena, Lena, Julia, Lilli, Anna, Christina, das waren alles so schöne Namen, wie sollte man sich da nur entscheiden? Lisa fragte ihren Mann scherzhaft: „Geben wir den beiden Mädchen jetzt viele Namen hintereinander? Elisabeth-Maria-Andrea Johanna- Sophie-Anja und Marie-Elisa- Hanna-Elena-Lena-Julia-Lilli-Anna-Christina? Oder wählen wir mit Losen? Werfen wir eine Münze?" Ihr Mann antwortete: „Wir haben noch Zeit. Warten wir ein bisschen, dann können wir uns bestimmt noch entscheiden. Und bitte geben wir den Kindern nicht mehr als zwei Namen nacheinander. Das ist sonst sehr seltsam. Kinder mit zehntausend Namen, das klingt nach Prinzessinnen, die unsere Töchter nicht sind und wahrscheinlich auch nie sein wollen. Du wolltest nie so sein und ich wollte nie ein Prinz sein. Auch ein Ritter zu sein hätte mich nie gereizt. Ich wollte schon als kleiner Bub Menschen helfen und wäre, wenn ich nicht Krankenpfleger geworden wäre, vermutlich Polizist geworden. Aber damals gab es noch eine Mindestgröße und die habe ich nie erreicht. Und jetzt bin ich glücklich in meinem Beruf." Lisa lächelte. Ihr Mann war exakt 1Meter, 52Centimeter und 5Millimeter groß. Lisa hatte jedoch kein Problem damit, dass er 10 Centimeter kleiner war als sie. Vielleicht würden auch ihre Kinder eher klein werden, aber die Körpergröße war nichts Wichtiges.

Viele Mitglieder ihrer Familie waren jedoch nicht begeistert gewesen, hatte ihren Tom dann aber doch noch akzeptiert. Auch ihre Oma war gegen den Freund ihrer Enkeltochter gewesen. Aber eigentlich war es immer egal gewesen, was ihre

Enkeltochter sagte oder tat, es hatte der Großmutter nicht gepasst.

Man brauchte eben irgendeinen Vorwand, um seine Aggressionen rauslassen zu können ohne Geld für einen Boxsack ausgeben zu müssen. Und natürlich brauchte man dafür Nachbarn, die Schmerzensschreie eines hilflosen Kindes ignorierten. Wieso hatten diese das getan? Wieso hatten sie nicht wenigstens einmal nachgefragt, weshalb Lisa so laut schrie? Vielleicht war es schlicht und einfach selektive Wahrnehmung gewesen. Wer wollte sich schon vorstellen, dass ein Kind so schlimme Schmerzen hatte? Da war es. zumindest für einen selbst, sicher schöner, sich einzureden, dieses Kind sei einfach wehleidig und hätte sich nur harmlos verletzt. Und die, nach dem Tod des Mannes alleinstehende Rentnerin, würde bei ernsten Verletzungen angemessen helfen.

Denn nach außen hin hatte Lisas Großmutter nett, harmlos und fürsorglich gewirkt. Doch in Wahrheit war diese brutal, aggressiv, und unachtsam gewesen. Dabei ging es nicht nur um Hiebe und Blutergüsse. Auch verbal hatte Lisa einiges ertragen müssen. Beleidigungen hatte sie beinahe ununterbrochen auf sich nehmen müssen und obwohl diese keine sichtbaren Blessuren verursachte, waren sie viel härter gewesen als die Schläge. Das war schwer zu ertragen gewesen und zusammen mit den Schlägen hatte es Lisa zu einer zurückgezogenen, ängstlichen Einzelgängerin gemacht. Vor allem und jedem hatte sie sich gefürchtet. Sogar ihr eigener Schatten hatte ihr damals Angst gemacht.

Ihre Mitschüler hatten das natürlich seltsam gefunden, Lisa ausgegrenzt und gemobbt. Als sie sich einmal dagegen wehrte, hatte sie einen Eintrag ins Klassenbuch bekommen und eine Prellung am Rücken davongetragen, welche sie ihrer Mutter mit irgendeiner Ausrede erklärt hatte. Nur wenige Mitschüler hatten ihr geholfen und das hatte nicht ausgereicht, um das Mobbing zu beenden.

Lisa hatte lange mit den Folgen ihrer Kindheit gekämpft, doch nach dem sie sich ihrem Mann anvertraut hatte war es ein wenig besser geworden. Aber seit sie an dem „Gürtelmörder"- Fall arbeitete, machte ihre Vergangenheit ihr wieder zu schaffen. Sie war sich sicher, dass der Fall mit ihrer Oma zu tun hatte. Dieses Haar, war sie sich sicher, musste zu ihrer Oma gehören. Doch das konnte einfach nicht sein. Ihre Oma war seit Jahren tot und es gab unendlich viele Menschen mit diesen Haaren. Was war hier nur los?

Rückblende 7

Aloisius hatte schreckliche Kopfschmerzen. Bei jedem noch so leisem Geräusch schien sein Kopf beinahe zu explodieren. Sich bei diesen Schmerzen nichts anmerken zu lassen war kaum möglich. Doch es war dringend notwendig, denn wenn Aloisius Vater, auf welchem Weg auch immer, davon erfuhr, würde er es ausnutzen und Aloisius damit quälen. In der Schule war allein die Stimme des Lehrers Folter. Und Aloisius war mitschuldig an diesen Schmerzen und seiner Übelkeit. Eine Überdosis Schlafmittel hatte starke Nebenwirkungen, was er sich eigentlich hätte denken können.

Doch nachts konnte er anders nicht einschlafen. Auch wenn er jede Nacht Albträume hatte, brauchte sein Körper den Schlaf. Doch letzten Abend war es auch mit dem normalen Maß an Medikamenten nicht möglich gewesen.

Als Aloisius mit diesen schrecklichen Kopfschmerzen nach Hause kam, war sein Vater schon wieder extrem betrunken und wartete mit dem Gürtel in der Hand auf Aloisius. Aloisius fragte, was er falsch gemacht hatte, doch sein Vater meinte, Aloisius wisse es selbst. Damit war Aloisius klar, sein Vater tat dies nur zum Vergnügen. Als einer der Schläge seinen Kopf traf, schrie er auf. Vielleicht würde er auch heute eine Überdosis Schlafmittel brauchen, um wenigstens seinem Körper ein paar Stunden Erholung zu gönnen.

8

Lisa war klar, sie musste bei der Rechtsmedizin nachfragen. Sie fragte den zuständigen Rechts-mediziner: „Gab es bei der DNA des Täters eine Überein-stimmung mit der Datenbank?" „Nein. Wir wissen nur, dass der Täter ein Mann sein muss." Damit war eindeutig klar, dass das Haar nicht von ihrer Oma stammen konnte. Natürlich nicht. Lisas Großmutter Mechthilde war seit Jahren tot.

War die Verbindung doch nur Einbildung? Hatte Lisa wichtige Zeit verschwendet? War Niklas Bauers Tod letzten Endes ihre Schuld? Und auch der von möglichen zukünftigen Opfern? Lisa machte sich große Vorwürfe. Mit ihrem Versuch eine nicht existente Verbindung zu suchen, hatte sie Menschenleben aufs Spiel gesetzt. Jedes weitere Opfer gäbe es vielleicht nicht, hätte Lisa auf ihren Verstand gehört und ihr noch immer nagendes Bauchgefühl verdrängt.

Doch obwohl Lisas Verstand das Gegenteil behauptete, es sogar handfeste Beweise gab,

Lisa hatte noch immer so ein Gefühl, das Mechthilde Schmid irgendwie mit diesem Serienmord zusammenhing. Seit Jahren war diese Frau tot und doch hatte sie ihre Finger im Spiel. Nein hatte sie nicht! Sie konnte ihre Finger nicht im Spiel haben, sie war tot. Irgendetwas stimmte hier nicht.

Auf dem Weg ins Büro begegnete Lisa Michael. Sie musste ihm einfach erzählen, was los war, dass sie versagt hatte. Es war ihre Pflicht ihm das mitzuteilen: „Michael, ich glaube, ich habe einen schlimmen Fehler gemacht." Lisa wusste, dass sie ihm erklären musste, was los war und machte sich wegen ihres Fehlers auch riesige Vorwürfe. Doch es wäre schwer für sie, mit einer Standpauke zurecht zu kommen. Michael antwortete: „Was ist denn passiert?" Er wirkte eher besorgt als streng, aber er wusste ja auch noch nicht, worum es ging.

Sie hatte Angst davor, seine Frage zu beantworten, musste es aber tun. Er schimpfte sie zwar ein wenig, aber nicht so, wie sie es erwartet hatte: „Also wirklich Lisa, du hast einen unglaublich guten

Instinkt, doch was nützt dir das, wenn du ihn immer nur anzweifelst? Wenn dein Gefühl dir sagt es gibt eine Verbindung, dann gibt es auch eine. Und du bist nicht daran schuld, dass ein Serienkiller Leute umbringt. Dein Bauchgefühl hat dich bisher noch nie getäuscht. Warum sollte es jetzt damit anfangen?"

Lisa war ein wenig eingeschüchtert, doch sie erlaubte sich einen vorsichtigen Einwand: „Aber was, wenn durch die Hormonumstellung mein Instinkt getrübt ist?" Lisa sprach ganz leise. Ob Michael wirklich hören sollte, was sie zu sagen hatte, wusste sie selbst nicht. Er wurde laut und sein Tonfall wurde noch etwas schärfer als es sagte: „So ein Blödsinn! Ich habe noch nie von so etwas gehört. Wenn du die ganze Zeit deine eigenen, vermutlich richtigen, Theorien anzweifelst, schadet das den Ermittlungen noch wesentlich mehr, als wenn du einfach in dieser Richtung eigene Nach-forschungen anstellst und dich am Ende doch getäuscht hast." Lisa nickte verunsichert, dann ging sie zu ihrem Büro.

Schon als kleines Kind hatte Lisa mit solchen Situationen nicht umgehen können. Ihre Oma hatte das schamlos ausgenutzt. Dadurch war es für sie noch schwerer geworden, mit solchen Gesprächen klarzukommen. Sie fühlte sich dann wieder wie das Kindergartenkind, dass weinend in der Wohnung ihrer Oma gelegen hatte und hoffte, dass es bald wieder abgeholt werden würde.

So war es auch, als Lisa in ihr Büro ging, um noch einmal alles durchzugehen, was sie hatte. Sie kämpfte mit den Tränen, hoffte, wenigstens bis zu ihrem Büro durchzuhalten. Sie hatte Angst davor, dass Unterhuber bemerkte, dass ihr seine Zurechtweisung wehgetan hatte. Er könnte ihre Schwäche das nächste Mal ausnutzen.

Nachdem Lisa im Büro angekommen war, hörte sie auf zu kämpfen. Sie musste ihr Büro mit niemandem teilen, deswegen würde hier niemand mitbekommen, dass sie weinte. Sie wusste nicht, wie lange sie weinen würde und es war ihr auch egal. Dieser scharfe Ton, mit dem Unterhuber gesprochen hatte, hatte sie verletzt, obwohl er es gut gemeint hatte. Und sie hatte es verdient.

Ihr Blick viel auf die Schere auf ihrem Schreibtisch. Als sie dreizehn Jahre alt gewesen war und das Mobbing in der Schule besonders hart gewesen war, hatte sie sich manchmal selbst verletzt. Natürlich nur so, dass ihre Eltern nichts davon bemerkt haben. Danach war es ihr jedes Mal wenigstens für kurze Zeit besser gegangen. Leider hatte sich daraus eine Sucht entwickelt. Seit mindestens 18 Jahren hatte sie nichts derartiges mehr gemacht. Doch der heutige Tag hatte ihr jetzt schon einfach alles abverlangt und sie konnte einfach nicht mehr. Sie machte die Schere auf und schnitt mit einer der Klingen in ihren Handrücken.

Blut tropfte auf ihren Tisch. Sie nahm ein Taschentuch und wischte ihren Tisch ab. Mit einem zweiten Tuch wischte sie sich die Tränen aus dem Gesicht. Sie merkte, dass es ihr ein klein wenig besser ging. Immer noch tat der Gedanke an die Zurechtweisung weh, doch es war wenigstens wieder aushaltbar. Sicherlich würde sie noch eine Weile mit der

Ermahnung zu kämpfen haben und natürlich hatte diese ihr auch großen Respekt vor dem Inspektor eingeflößt, doch es brachte sie nicht mehr zum Weinen. Hoffentlich würde niemand den Schnitt auf ihrer Hand bemerken. Denn wenn Unterhuber erfuhr, dass sie sich autoaggressiv verhielt, würde er natürlich wissen, wie sehr die Zurechtweisung sie verletzt hatte und könnte es irgendwann bei Bestrafungen verwenden, um sie schlimmer zu verletzten.

Lisa fing zu arbeiten an. Sie notierte sich alles, was sie wusste, und befestigte dies an einer Pinwand. Danach verband sie das, was zusammenhing mit blauen, was eventuell zusammenhängen könnte mit schwarzen Wollfäden. Doch der schwarze Faden kam nicht zum Einsatz.

Während sie noch überlegte, kam Unterhuber herein. Sie zuckte zusammen und bedeckte ihre verletzte, linke Hand mit der rechten Hand. Er fragte: „Bist du schon weitergekommen?" Lisa antwortete ängstlich: „Nein. Es tut mir leid, aber Sie müssen mir mehr Zeit geben. Ich verspreche Ihnen, ich werde etwas finden, aber nicht in so kurzer Zeit. Bitte seien Sie mir nicht böse.

Es ist nur eine Frage der Zeit, bis ich etwas finde."

Unterhuber wirkte verwirrt: „Seit wann sind wir denn per Sie?" Doch dann verstand er, was los war, wollte es aber kaum glauben: „War ich zu streng mit dir? Ich habe zwar schon in der Schule gemerkt, dass du in diesem Zusammenhang verletzlich bist. Aber dass es so schlimm ist, hätte ich nicht gedacht. Ich hätte es merken müssen, aber ich habe es nicht gemerkt und das tut mir leid." Lisa beruhigte ihn: „Du konntest nichts merken, ich wollte nicht, dass du es merkst. Ich hatte Angst, du könntest es irgendwann gegen mich verwenden. Ich weiß selber, dass das Blödsinn ist, aber diese Sorge war eben da. Du kannst nichts dafür." Michael wirkte ein wenig beruhigt.

Doch dann warf er einen Blick auf den Schreibtisch und war überrascht. Er fragte: „Warum ist auf der Schere da Blut?" Lisa hatte tatsächlich vergessen, die Schere abzuwischen. Anstelle einer Antwort zeigte Lisa Michael, so langsam sie nur konnte, die Verletzung auf ihrer linken Hand. Eigentlich wollte sie noch immer nicht, dass Michael das sah, doch irgendwann hätte er es sowieso bemerkt.

Geschockt flüsternd fragte er: „Das hast du nicht wirklich gemacht, oder?" Lisa antwortete ebenso leise: „Doch, ich... ich konnte einfach nicht mehr." „Wieso hast du nicht mit mir geredet? Du musst dich doch nicht ritzen, nur damit du meine Zurechtweisung ertragen kannst. Ich bin dir doch gar nicht mehr böse. Und ich war es eigentlich auch nie." Lisa war ein bisschen beruhigt, doch sie fragte ängstlich: „Wirklich nicht?" Michael Unterhubers Antwort lautete: „Wirklich nicht. Und bitte versprich mir, dass du dich nie wieder verletzt. Du musst nicht leiden, wenn du arbeitest. Ich will dir helfen. Ich will dich nicht quälen" Lisa nickte. Inzwischen war sie froh, dass ihm das Blut auf der Schere aufgefallen war. Wer weiß, wie lange sie sonst noch geschwiegen hätte.

Als Lisa nach Hause kam, war sie äußerst angespannt. Würde Tom die Wunde auf ihrer Hand bemerken? Wie würde er reagieren?

Würde er vielleicht wütend auf sie sein? Oder würde er sich, was für Lisa fast noch schlimmer wäre, große Sorgen um sie machen? Würde er ihr jemals wieder vertrauen? Lisa hoffte, ihr Mann würde nichts davon merken.

Eine Stunde nach Lisas Ankunft kam ihr Mann auch nach Hause. Lisa hatte diese Zeit genutzt, um die Verletzung mit Schminke abzudecken, um festzustellen, dass das nichts brachte und um sich wieder abzuschminken. Kaum war ihr Mann durch die Tür fragte er: „Was ist das für ein Kratzer?" Dass es ihm so schnell auffallen würde, hatte Lisa nicht erwartet. Sie sagte leise: „Bitte frag einfach nicht. Es ist alles gut, aber ich will nicht darüber reden"
Dadurch wollte er natürlich erst recht wissen, was los war. Also flüsterte Lisa: „Ich habe heute von Micheal eine ziemlich harte Standpauke abbekommen. Du weißt ja, wie schlimm das für mich ist. Ich konnte danach einfach nicht mehr. Ich…" Lisa war mit jedem Wort leiser geworden. Den letzten Satz flüsterte sie kaum hörbar: „Ich habe mich geritzt." Lisa zitterte. Wie würde ihr

Mann reagieren? Tom sagte geschockt: „Womit? Ist jetzt alles in Ordnung? Kann ich dir irgendwie helfen?" Er wartete nicht auf ihre Antwort, sondern nahm ein Plastiksackerl, lief wie von der Tarantel gestochen an Lisa vorbei und sprintete in die Küche.

Lisa ging ihm hinterher. In der Küche sah sie wie ihr Mann sämtliche Gegenstände in das Sackerl packte. „Äh... Tom... was tust du?" Tom drehte sich um „Ich entferne alle gefährlichen Gegenstände. Nicht das du dich noch einmal ritzt." Lisa schüttelte den Kopf. Sie erklärte ihm: „Werde ich nicht. Ich habe mich mit Michael ausgesprochen. Und wenn mich ich noch einmal ritzen wollte, habe ich Fingernägel und wenn du mir die Nagelschere wegnimmst, sind die bald gefährlicher als die Schere selbst." Tom wirkte skeptisch, doch er entschied sich für einen Kompromiss. Sie musste jede Frage, die er in diesem Zusammenhang beantworten, dann würde er ihr wieder vertrauen.

Somit begann ein Beinahe- Verhör: „Womit hast du dich geritzt?" „Ich habe eine Schere benutzt." Wenn Lisa sich vorstellen musste, dass dieses Gespräch vielleicht noch einige Stunden dauern könnte, hatte sie keine Ahnung, wie sie es durchhalten sollte. Sie war jetzt schon fertig und wollte eigentlich nur noch ins Bett. „Hast du das schon einmal gemacht?" „Seit mindestens 18 Jahren nicht mehr." Tom wirkte überrascht „Warum hast du das damals gemacht?" „Meine Mitschüler haben mich grausam gemobbt. Ich habe das nie ausgehalten, deswegen habe ich mir mit meinem Zirkel oder meiner Schere die Handrücken zerkratzt" Das schien ihm Sorgen zu bereiten „Wirst du das wieder machen." „Es gibt keinen Grund mehr dazu. Ich und Michael haben darüber geredet. Er ist nicht mehr wütend auf mich." Das schien ihn etwas zu beruhigen „Würdest du dich wieder ritzen, wenn sich so etwas wiederholen würde?" „Ich bin mir nicht sicher."

Nach dem Gespräch erklärte Tom: „Ich werde erst einmal alles an seinem Platz lassen, aber wenn du dich noch einmal ritzen solltest, kommen gefährliche Gegenstände sofort weg" Lisa war damit einverstanden. Sie betrachtete den Kratzer auf ihrer Hand. Nie wieder würde sie sich so etwas antun. Dieses Gespräch hatte ihr viele Nerven gekostet und allein deswegen würde sie sich nie wieder selbst verletzen. Tom war ein klein wenig zu besorgt. Es war zwar süß, dass er sich sorgte, doch manchmal eben auch anstrengend. Immer noch machte er sich Sorgen um ihre Töchter. Obwohl alles darauf hindeutete, dass alles in Ordnung war. Irgendwie war es in letzter Zeit schlimmer geworden, auch wenn er sich schon immer als Ihr Beschützer gesehen hatte. Doch irgendwie freute Lisa sich, dass ihr Mann sich Gedanken machte, was er tun konnte, damit es ihr gut ging. Immerhin tat er es aus Liebe.

Rückblende 8

Ängstlich duckte Aloisius sich hinter die alte Couch. Hier würde sein Vater ihn nicht finden. Im Keller des Hauses ging er nur bis in den Lagerraum. Und auch das nur dann, wenn er Bier holte. Der Vater hatte Aloisius beim Kofferpacken erwischt. Aloisius hatte versucht, abzuhauen und sich bei einem Freund zu verstecken.

Vor seiner Hand krabbelten zwei Spinnen. Zitterspinnen, wie Aloisius aus dem Biologieunterricht wusste. Eine Spinne war ein gutes Stück größer als die andere. Die größere Spinne attackierte die kleinere. Diese hatte keine Chance. Den Großen passte irgendetwas nicht und die kleinen waren ihnen hilflos ausgeliefert. Aloisius hob die große Spinne auf seine Hand und zerquetschte sie. Wäre das bei seinem Vater doch auch so einfach.

Oft wünschte Aloisius sich, er könne seinen Vater so hart verprügeln, wie es ihm oft widerfuhr. Er würde seinen Vater am liebsten windelweich schlagen, doch er hatte nicht die notwendige Kraft dazu. Wann würden diese fürchterlichen Schmerzen aufhören? Aloisius bemühte sich, seinem Vater zu gehorchen. Manchmal ersparte ihm das ein oder zwei Schläge. Doch wenn er einen Fehler machte, wurde er geschlagen, bis er mindestens weinte.

9

Am nächsten Tag beim Frühstück fragte Lisa Tom kleinlaut: „Bist du mir böse?" Tom schüttelte den Kopf. „Ich war dir nie böse. Unsere ganze Beziehung über war ich dir niemals böse. Das kann ich wahrscheinlich gar nicht. Wenn ich irgendwie in einem haten Ton mit dir rede, dann nicht aus Wut, sondern aus Sorge." Lisa konnte das gut nachvollziehen. Immerhin hatte sie sich geritzt.

Sie antwortete: „Danke, dass du immer versuchst das Beste zu tun. Du machst das nicht immer perfekt und manchmal übertreibst du ein bisschen, aber du übertreibst aus Liebe und deswegen danke ich dir." Tom sah Lisa an. Lisa merkte, dass er vor Rührung Tränen in den Augen hatte. Er war ein kleines bisschen sentimental, doch Lisa hielt nichts von Männern, die glaubten sie wären nicht berechtigt Gefühle zu zeigen. Kein Mann, mit dem sie je zusammen gewesen war, hatte so gefühlt.

Nun ja… Sie hatte ihr ganzes Leben lang nur zwei andere Beziehungen gehabt.

Der erste Freund hatte Herbert geheißen. Er war einen halben Kopf größer als sie gewesen. Nach einem halben Jahr hatte er ihrer besten Freundin einen Liebesbrief geschrieben.

Der zweite Freund hatte Emil geheißen. Er war ein paar Zentimeter größer als sie gewesen. Nach gerade einmal einer Woche Beziehung hatte er sie verlassen. Er hatte behauptet, er liebe seine Freiheit zu sehr. In Wahrheit hatte er sich davon abschrecken lassen, dass Lisa eine Außenseiterin gewesen war. Wahrscheinlich hatte ihn jemand blöd angesprochen. Wer wollte schon ein Mobbingopfer als Freundin? Wieso sollte er sich das antun? Es war ja nicht seine Angelegenheit, wenn diese Außenseiterin sich wegen dem Beziehungs- Aus die Handrücken zerkratzte, dass sie nur ganz knapp keine Narben davontrug.

Mit 21 Jahren hatte sie Tom kennen gelernt. Erst hatten sie nur manchmal miteinander geredet, dann hatten sie sich angefreundet und nach etwa einem Jahr Freundschaft hatten sie sich ineinander verliebt. Und da hatte es keine Rolle gespielt, dass Lisa damals noch Kleidergröße 50 getragen hatte. Heute trug sie Größe 38.

Bei der Arbeit überlegte Lisa, wieso sie nichts fand. Ihr wurde klar, dass sich auf der Pinnwand in ihrem Büro nur Fakten befanden. Sie schrieb die Vermutungen auf andersfarbige Zettel. Obwohl mittlerweile zwei Beweise existierten, dass das Haar nicht von ihrer Oma war, schrieb Lisa es auf. Lisa ging noch einmal alle Fakten durch. Lisa hatte einen lückenlosen, unauffälligen Lebenslauf ihrer Oma vor sich:

Geboren und aufgewachsen in Edelschrott, nach Graz geheiratet, Nach etwas über einem Jahr Ehe eine Tochter, eine größere Ehekrise von nicht ganz einem Jahr Dauer, mit 68 Jahren zur Witwe geworden, mit 74 Jahren gestorben. Lisa hätte es nicht gestört, wenn die Großmutter früher gestorben wäre.

Den ganzen Tag suchte Lisa nach Verbindungen. Erfolglos, wie zu vermuten gewesen war. Blieb nur zu hoffen, dass sie Michael nicht begegnete. Nicht dass er wieder mit ihr schimpfte, wenn er feststellte, dass sie ihr Bauchgefühl wieder anzweifelte.

Lisa hatte nämlich vor, die Schere nur zu benutzen, wenn sie ein Stück des schwarzen Fadens abschneiden musste. Wenn sie ihrem Chef begegnen sollte, sank die Wahrscheinlichkeit, dass sie dieses Ziel erreichte. Doch sie lief ihm nicht über den Weg und die Schere blieb komplett unbenutzt.

Nach der Arbeit hatte Lisa einen Termin bei der Ärztin. Dieses Mal war ihr Mann auch dabei. Er war froh, als die Ärztin ihm mitteilte, dass alles okay sei. Lisa runzelte irritiert die Stirn als ihr Mann die Ärztin fragte: „Können sie sich bitte nur ganz kurz die Hand meiner Frau ansehen?" Lisa erkundigte sich: „Wieso sollte sie? Ist doch alles in Ordnung?" Tom antwortete: „Was, wenn es sich entzündet und du eine

Blutvergiftung bekommst. Das können unsere Töchter nicht gebrauchen" „Es schadet bestimmt nicht, wenn ich mir das einmal schnell ansehe. Normalerweise würde ich das nicht machen, aber gerade, weil Sie aufgrund ihres Alters ein erhöhtes Risiko in der Schwangerschaft haben, sollten Sie aufpassen." mischte sich wenig schmeichelhaft die Ärztin ein. Also ließ sie die Untersuchung ihrer Hand zu. Die Ärztin warf jedoch nur einen Blick auf Lisas Hand. „Mit Ihrer Hand ist alles in Ordnung." Lisa wunderte sich wieder einmal über die übermäßige Besorgtheit ihres Mannes. Doch obwohl es sie manchmal nervte, es war ein Liebesbeweis.

In dieser Nacht konnte Lisa kaum schlafen. Irgendetwas übersah sie. Immer wieder kehrten ihre Gedanken zu dem schwarzen Wollfaden in ihrem Büro zurück. Irgendeine Verbindung musste bestehen, doch es erschien Lisa, als sehe sie den Wald vor lauter Bäumen nicht. Oder täuschte sie sich doch? Hatte ihre Oma wirklich etwas mit dem Fall zu tun?

Auf der Polizeistation erfuhr Lisa von Inspektor Michael Unterhuber, dass der Pfarrer mittlerweile wieder vernehmungsfähig war. Lisa musste an den dauerbetenden Mann, der auf dem Baumstumpf gesessen hatte, denken. Sie fragte sich, wie oft der Mann im Laufe der Vernehmung beten würde. Würde der Mann bei jedem Wort ein Kreuzzeichen machen? Würde er auf eine klischeehaft bigotte Art seltsam sein? Im Wald hatte er den entsprechenden Eindruck gemacht. Auf jeden Fall war Lisa gespannt, ob es der Schock gewesen war, oder der Mann immer so war.

Im Vernehmungszimmer fragte Michael den Pfarrer: „Wie haben Sie die Leiche gefunden?" „Ich habe meinen alltäglichen Meditations-spaziergang gemacht. Ich bin um vier Uhr morgens aufgestanden, habe gebetet und bin losgegangen." Erstes Kreuzzeichen. „Und dann lag da diese Leiche" Zweites Kreuzzeichen. Danach ein Vater unser. Lisa musste sich extrem anstrengen, um den Pfarrer, der jedes mögliche Klischee eines katholischen

Pfarrers erfüllte, nicht laut auszulachen. Gespannt wartete sie, ob eventuell noch ein anderes Gebet folgte, doch dies blieb aus.

Lisa erkundigte sich: „Ist Ihnen etwas seltsames aufgefallen?" Der Geistliche antwortete: „Ich habe eine Person weglaufen sehen. Ich weiß aber nicht, ob diese Person etwas mit der Leiche zu tun gehabt hat." „Wie sah diese Person aus?" Der Mann antwortete: „Ich habe die Person nur aus großer Entfernung gesehen. Die Person war vermutlich zwischen 1,60 und 1,75 groß, eher schmal gebaut und in den kurzen Haaren waren Wellen." Lisa wurde heiß und kalt zu gleich. Die Beschreibung passte perfekt auf ihre Oma. Ihr wurde schwindelig und sie konnte sich kaum aufrecht auf dem Sessel halten. Michael fragte sie: „Ist alles in Ordnung" „Mir ist ein wenig schwindelig." Er holte ihr ein Glas Wasser und einen weiteren Sessel. „Trink ein bisschen Wasser und leg deine Füße auf den Sessel!"

Rückblende 9

Aloisius wartete in seinem Zimmer, bis sein Vater eingeschlafen war. Um 15 Uhr war es so weit. Jeden Tag ein bisschen früher war sein Vater so betrunken, dass er einschlief und nichts bemerkte. Normalerweise bedeutete das für Aloisius nur, mindestens eine Stunde lang nicht geschlagen zu werden. Doch heute würde er nicht zuhause bleiben. Sabine hatte ihn zum Eisessen eingeladen. Und wenn es auch gefährlich war, konnte er nicht nein sagen. Vielleicht kam heute die passende Situation, um Sabine zu gestehen, dass er sie liebte. Allein schon deswegen musste er einfach gehen. Wenn Aloisius sich beeilte, würde sein Vater davon nichts bemerken.

Aloisius Herzschlag beschleunigte sich, als er Sabine sah. Sie trug ein hübsches rotes Kleid, das ihr bis zu den Knien ging. Ihre schulterlangen blonden Haare bewegten sich im schwachen Wind. Aloisius hatte sein bestes T-Shirt an, doch er hatte Angst, dass es nicht schön genug sein könnte. Sein Vater gab nur dann Geld für Kleidung aus, wenn die alten Sachen Aloisius so klein geworden waren, dass er sie nicht mehr anziehen konnte. Und dann wurden nur die billigsten Sachen gekauft. Ob ein einfaches weißes T-Shirt und eine blaue Jeans reichten, damit Sabine ihn gutaussehend fand? Er war seiner Meinung nach auch schon so hässlich und dann hatte er nicht einmal etwas Vernünftiges zum Anziehen. Wenn er darüber nachdachte, könnte er seinen Vater allein dafür umbringen.

Aber seine Kleidung schien Sabine zum Glück nicht zu stören. Als er sein Eis selber bezahlen wollte, sagte Sabine: „Ich zahle dein Eis. Ich habe dich doch eingeladen." Darüber war Aloisius froh, vor allem, weil er befürchtete, dass sein Vater bemerken könne, dass er Geld aus der Haushaltskasse genommen hatte. Er bedankte sich bei Sabine, die der Meinung war, dass das nichts Besonderes gewesen war. Sie sprachen über alles Mögliche – über die Schule, Hausaufgaben und über Sabines Katze, deren Lieblingsfutter Nudeln und Reis mit Garnelen war.

Irgendwann erkläre Sabine: „Ich finde, wir könnten ruhig öfter ein Eis essen gehen." Aloisius wollte Sabine erzählen, wie aggressiv und brutal sein Vater war und welch großes Risiko er gerade einging. Doch er schwieg, denn niemals würde er Sabine in Gefahr bringen. Stattdessen sagt er: „Ich hoffe, ich habe genug Zeit." Als er sein Eis aufgegessen hatte und ihr erklärte, dass er nach Hause müsse, sagte Sabine zu ihm: „Ich würde mich freuen, wenn wir uns bald wieder treffen könnten." Dann gab sie Aloisius ihre Telefonnummer. Er hatte immer noch sein erstes Handy, aber es funktionierte noch immer ganz gut. Hoffentlich blieb das noch länger so. Ein neues konnte er sich nicht leisten. Auf dem Heimweg dachte er sich: „Sollte mein Vater wieder aufgewacht sein und mich schlagen, wenn ich zuhause ankomme, war es das Treffen mit Sabine wert."

10

Nach und nach stabilisierte Lisas Kreislauf sich wieder. Sie verließ den Vernehmungsraum. Der Pfarrer hatte längst wieder angefangen zu beten, und schien kaum zu bemerken, dass sie aus dem Raum ging. Vor dem Gebäude konnte sie wenigstens einmal tief durchatmen. Nach ein paar Minuten kam Michael und fragte sie, was los gewesen war. Sie antwortete: „Diese Personen-beschreibung passt perfekt auf meine Oma. Sie war 1,68m groß, schmal gebaut und daran, wie mich dieses Haar aus der Fassung gebracht hat erinnerst du dich wahrscheinlich noch gut genug." Michael Unterhuber antwortete: „Vielleicht solltest du eine kleine Pause machen. Geh nach Hause und beruhige dich ein bisschen."

Zuhause angekommen fragte Lisa sich, was sie jetzt tun sollte. Sie entschied sich, die Namensauswahl für die Kinder noch einmal durchzugehen und eventuell einzugrenzen. Schließlich strich sie die Namen Elisabeth und Anna von der Liste.

Doch ihre Gedanken schweiften immer wieder zu dem Fall Plötzlich kam Lisa ein neuer Gedanke. Hatte ihre Oma ihren Tod nur vorgetäuscht? War ihre Oma der mysteriöse Serienmörder? Da die DNA-Spur männlich war, hätte ihre Oma einen männlichen Komplizen gebraucht, aber das war nicht besonders unwahrscheinlich. Nur, weshalb sollte ihre Oma all diese Bemühungen auf sich nehmen, um Jahre nach dem vorgetäuschtem Tod, Serienmorde zu begehen? Doch andererseits hatte Lisa ihre Großmutter nie verstehen können, nie ihre Beweggründe nachvollziehen können. Und dass sie unberechenbar war, hatte Lisa öfter zu spüren bekommen.

Einmal war Lisa der Meinung gewesen, dass ihre Haare auch lufttrocknen konnten, und sie sich weigerte, die Haare zu föhnen, hatte ihre Oma sie mit einen Walkingstecken verprügelt. Während dieser Züchtigung sind die Haare dann erst wieder an der Luft getrocknet. Die Absurdität der Bestrafung war kein Einzelfall gewesen. Lisa wurde von als Boxsack benutzt, damit ihre Oma ihre Aggressionen rauslassen konnte.

Lange hatte sie die Schuld bei sich gesucht, was ihr ohnehin schon schwaches Selbstwertgefühl noch verringert hatte. Für ihre Mitschüler war sie damit zum perfekten Opfer geworden. Nachdem sie jahrelang gequält und nicht mehr an eine Ende glauben konnte, hatte sie durch Zufall, Freundschaft mit der besten Freundin der Frau des Beratungslehrers geschlossen. In den letzten Wochen vor dem Maturaball hatte das Mobbing ihrer Mitschüler nachgelassen und schließlich ganz aufgehört.

Doch ihre Oma hatte bis kurz vor ihrem - möglicherweise vorgetäuschten - Tod nicht aufgehört, Lisa zu quälen. Selbst wenn Lisa die Kraft gehabt hätte, sich in einer körperlichen Auseinandersetzung zu verteidigen, wurden ihr von ihrer Oma trotzdem schlimme Schmerzen zugefügt. Sie war mit Worten gefoltert worden, diese waren schmerzhafter als Schläge. Bei zu vielen Schlägen, wären die blauen Flecken aufgefallen, aber die Worte hinterließen keine sichtbaren Spuren. Sie hatten ihre Seele verletzt und niemand hatte etwas gemerkt. Man hätte vielleicht bemerken können, dass sie häufig traurig war, aber Lisa war schon immer eine gute Schauspielerin gewesen.

Manches Mal hatte sie in der Schule Schwindel oder Kopfschmerzen vorgetäuscht, um dem Mobbing ihrer Mitschüler zu entgehen und ein paar Stunden früher nach Hause gehen zu dürfen. Auch ihre Eltern schienen ihr fast immer zu glauben, sie hatten auch keinen Grund daran zu zweifeln. Wenn sie offensichtlich Schmerzen hatte - manchmal litt sie auch unter Kreislaufproblemen - waren ihre Mitschüler nicht ganz so gemein zu ihr. Trotzdem hatte sie wegen der Anspannung und der psychischen Belastung öfters Kreislauf-probleme. Einmal war sie sogar vor Angst und Schlafmangel am Morgen bewusstlos geworden. Nachdem sie die Sache heruntergespielt hatte, sahen ihre Eltern von einem Arztbesuch ab. Sie sollte an diesem Tag zuhause bleiben, und aufgrund ihrer vielen Fehlstunden ging sie bereits am nächsten Tag wieder in die Schule.

Lisa wurde von ihrem Mann aus den Gedanken gerissen, der an der Haustüre klopfte: „Lisa, du hast den Schlüssen innen stecken gelassen, ich kann nicht aufsperren!". Schnell stand Lisa auf und öffnete die Tür. Natürlich bemerkte Tom wie aufgewühlt sie war. Er merke sowas immer, er wurde sogar nachts wach, wenn Lisa nervös wurde. „Du wirkst gerade sehr angespannt. Was ist heute passiert?" Lisa antwortete nachdenklich: „Heute wurde der Köflacher Pfarrer befragt. Nach zwei Kreuzzeichen hat er angegeben, dass er eine Person gesehen hat. Die Täterbeschreibung hat perfekt auf meine Oma gepasst. Viele Dinge in der Ermittlung deuten auf meine Oma als Täterin hin, Dagegen spricht aber, dass Oma tot und weiblich ist, während die Täter-DNA männlich ist. Darum habe ich eine sehr ausgefallene Theorie, was hier los sein könnte. Ich vermute, dass meine Oma ihren Tod nur vorgetäuscht hat und sich dann einen männlichen Komplizen gesucht hat. Und jetzt begeht sie diese Serienmorde.

Nicht, weil sie von einer Person mit diesem Aussehen misshandelt worden ist. Da muss was anderes im Spiel sein, aber dass sie zur Gewalt neigte, habe ich früher oft am eigenen Leib erfahren. Wie findest du meine Theorie?". Tom starrte sie an und fragte dann: „Wie viel Zeit hast du für diese Theorie gebraucht?". „Meinst du insgesamt oder seitdem ich die erste fixe Idee dazu hatte?".
Tom schüttelte irritiert den Kopf: „Ich merke doch immer sofort, wenn irgendwas nicht stimmt. Was ist heute noch passiert? Bitte rede mit mir!" Lisa gab widerwillig zu:

„Nachdem ich die Personenbeschreibung gehört habe, hatte ich einen kleinen Schwächeanfall. Mein Kreislauf reagiert nun mal stark auf psychische Belastungen, und die Beschreibung hat die schlimmsten Erlebnisse meines Lebens erinnert.". „Willst du mit mir darüber reden?'" fragte Tom sie besorgt.

Lisa zitterte, als sie anfing zu sprechen: „Meine Oma hatte mich, weil ich ein zu freizügiges Kleid getragen habe, auf grausamste Weise verprügelt. Sie würgte mich, bis ich bewusstlos war. Nachdem ich wieder aufgewacht bin, war ich gefesselt. Über eine Stunde hat sie auf mich eingeprügelt. Ich habe immer wieder geschrien vor Schmerzen. Erst nachdem ich nochmals bewusstlos wurde, hat sie damit aufgehört. Das Schlimmste passierte aber dann beim nächsten Besuch: Ich hatte solche Angst, dass ich heimlich ein Messer mitgenommen habe. Als sie bei diesem Besuch mit einem schweren Gürtel in der Hand auf mich zugekommen ist… Dieser Gürtel hat mir normalerweise solche Angst gemacht, dass ich mich sofort für alles Mögliche entschuldigt habe, um nicht damit geschlagen zu werden. Doch an diesem Tag war alles anders. Ich habe sie mit dem Messer bedroht und sie hat mich in Ruhe gelassen. Nachdem ich sehen konnte, dass sie vor mir und dem Messer Angst hatte, habe ich ganz kurz mit dem Gedanken gespielt, sie wirklich umzubringen. Ich war schockiert über meine eigenen Gedanken und es blieb auch bei einigen Beleidigungen und Drohungen. Nach diesem Besuch hat sie einen, von mir ausgehenden,

Kontaktabbruch widerstandslos akzeptiert. Ich war total verzweifelt, ich bin nicht gefährlich!"

Tom sah sie an und sagte: „Ich kenne dich wirklich gut und weiß, dass du niemals jemanden ernsthaft verletzen könntest. Du warst am Ende deiner Kräfte und es wäre eine reine Verzweiflungstat gewesen. Es ist ja auch nichts passiert und diese Tat hatte gute Folgen. Ab diesem Tag ging es, nachdem was du mir bisher erzählt hast, in deinem Leben wieder bergauf. Nur warum deine Oma den Kontaktabbruch einfach so hingenommen hat, hast du mir bisher noch nie gesagt."

Rückblende 10

„Wo warst du?" Ängstlich wich Aloisius zurück. Niemals würde er Sabine in Gefahr bringen. Doch wie viel Schmerz würde er aushalten? Sein Vater hatte alle Zeit der Welt und keinerlei Hemmungen. Irgendwann würde es zu viel werden und dann musste er eine gute Ausrede haben.

Sein Vater packte sein linkes Handgelenk so fest, dass es wehtat. Tränen schossen in seine Augen. „Ich habe durchs Fenster einen Mann mit einem total süßen Hund gesehen. Ich bin rausgegangen und habe ein bisschen mit dem Hund gespielt." „Ich habe fast zehn Minuten auf dich gewartet. Was fällt dir überhaupt ein, das Haus zu verlassen, ohne mich zu fragen?" Sein Vater ließ ihn los und schlug ihn mit seinem Gürtel. Wieder einmal. Wenigsten war Sabine sicher. Und ihre Telefonnummer hatte er auch.

11

Bei der nächsten „Gürtelmörder"-Konferenz läutete schon am Beginn Inspektor Unterhubers Diensthandy. Während des Telefonats wurde sein Gesicht immer sorgenvoller. Nachdem er aufgelegt hatte, sagte er laut für alle: „Wir müssen uns beeilen – ein Mann, der perfekt ins Opferprofil passt, ist verschwunden. Seine Verlobte hat ihn als vermisst gemeldet. Wir geben eine Personen-beschreibung an alle Beamten weiter. Lisa, du suchst weitere Informationen zu dem Vermissten. Vielleicht haben wir ja auch einmal Glück.".

Lisa fand über Otwin Aufner heraus, dass er mit eine Frau namens Linda Oberhuber verlobt war. Die 21-jährige war um 19 Jahre jünger als ihr zukünftiger Mann. Ihre Aussage war schon aufgenommen worden: Ihr Verlobter hatte sich schon etwas länger verfolgt gefühlt, wollte aber mit seiner Vermutung nicht zur Polizei gehen, um nicht als ängstlich oder wunderlich zu gelten.

Weshalb hatten alle Menschen Angst davor, wunderlich zu werden? In diesem Fall spielten die Männer mit ihrem Leben, weil sie nicht wahrhaben wollten, dass sie ein Opfer des Gürtelmörders werden könnten. Selektive Wahrnehmung war leider nicht besonders brauchbar. Sie ließ Menschen in Lebensgefahr glauben, sie seien sicher und sorgte auch dafür, dass Hilfeschreie von Nachbarn ignoriert werden konnten.

Auch Lisa hatte darunter gelitten. Kein Nachbar hatte je ein Wort über ihre Schreie gesagt. Niemand hatte je gefragt, warum sie so laut schrie oder ob sie Schmerzen habe. Es hatte keinen interessiert. Oder keiner wollte sich vorstellen, dass ein Kind leiden musste. Vermutlich haben sich die Nachbarn eingeredet, dass Lisa ein wehleidiges und tollpatschiges Kind sei. Und irgendwie konnte Lisa das sogar verstehen.

Auch sie wollte sich nicht vorstellen, wie viele Menschen zurzeit häusliche Gewalt ertrugen, wie viele Kinder von Angehörigen verprügelt wurden und wie viele Männer ihre Frauen schlugen und umgekehrt. Bei

häuslicher Gewalt sind die Opferzahlen bei Männern viel höher als bekannt, weil es für Männer noch peinlicher ist, wenn sie das Opfer ihrer Frauen werden.
Nicht nur körperliche, sondern auch psychische Gewalt hatte schlimme Folgen. Deswegen fand Lisa die Unterscheidung zwischen körperlicher und psychischer Gewalt unnötig. Die Angst der Betroffenen und die Folgen mit denen oft jahrelang gekämpft wurden, waren dieselben. Gerade für Kinder war es schwer, mit all diesen Erfahren abzuschließen. Sie hatten die Folgen oft ein ganzes Leben lang zu tragen. Lisa glaubte nicht, dass ihre Albträume, in denen ihre Oma vorkam, jemals ganz verschwinden würden. Dafür war das Trauma damals zu extrem gewesen.

Nachdem Lisa alle relevanten Informationen über den Verdächtigen gesammelt hatte, aktualisierte sie ihre Täterbeschreibung. Dann notierte sich auch ihre Theorie. Ihr fiel ein, dass sie durch die abgebrochene Konferenz niemanden ihre Annahme mitteilen konnte.

Deshalb suchte sich Inspektor Unterhuber auf und erklärte ihm: „Ich habe eine Idee, was hier los sein könnte, aber die Theorie ist sehr speziell." Michael antwortete: „Dann erzähl sie mir." „Ich glaube, dass meine Oma ihren Tod nur vorgetäuscht hat. Sie hat sich einen männlichen Komplizen gesucht und jetzt begeht sie, mit welchen Hintergrund auch immer, Serienmorde. Was hältst du davon?". Michael sah sie an: „Auch wenn ich die Idee interessant finde, kann man sie doch nur mit einer Exhumierung deiner Oma klären. Aber wenn ich mit der Theorie zum Staatsanwalt gehe und eine Exhumierung beantrage, erklärt er uns für verrückt.". Lisa solle weitere Nachforschungen anstellen, damit die Theorie glaubwürdiger werden würde.

Zuhause angekommen, sah Lisa entgegen ihren üblichen Gewohnheiten fern. Ihr Mann kam pünktlich zu Beginn der Nachrichten nach Hause. Kaum saß er neben ihr, kam eine Meldung über die Serienmorde. Danach wurde über Magnus Magnusson berichtet, Natürlich ließ sich kein Nachrichtendienst die Information über einen brutalen Mörder,

der die Leiche seiner Ex-Frau im Keller eingemauert hatte, entgehen. Tom fragte Lisa, wie sie Magnusson zum Reden gebracht habe. „Ich habe ihn wütend auf seine Ex-Frau gemacht, rasend vor Wut hat er ein Geständnis abgelegt, seine Schuld hat er jedoch nicht eingesehen und dann hat er auch noch einem Kollegen die Nase gebrochen, als dieser ihn aus dem Verhörraum bringen wollte.".

Tom war über die Brutalität des Mannes schockiert. Er konnte sich kaum vorstellen, dass jemand ein Mord beging und das Opfer im Keller einbetonierte. Das überstieg seine Vorstellungskraft bei weitem. Aber das Magnusson ein paar Schrauben locker hatte, war keine Neuigkeit. Und wenn Lisa an den Namen des Mannes dachte, dürfte das wohl in der Familie liegen. So etwas lag zwar nicht in den Genen, aber die Erziehung eines Kindes konnte da vermutlich etwas anrichten. Wie sonst ließen sich ganze Verbrecher-Familien erklären?

Wenn es an den Genen lag, wie sich ein Mensch anderen gegenüber verhält, hätte

Lisa auch Schläge von ihrer Mama aushalten müssen. Das war aber nicht der Fall gewesen.

Lisas Großmutter hatte erst nach dem Tod ihres Mannes angefangen, sie zu schlagen. Ein bisschen konnte sich Lisa an ihren Opa erinnern – an einen schlanken Mann mit grauen Haaren. Doch mit diesem Bild waren keine Emotionen verbunden. Sie wusste nicht, was für ein Mensch ihr Opa gewesen war. Aber wenn sein Tod seine Frau so verändert hatte, war er wahrscheinlich ein wundervoller Mensch gewesen.

Rückblende 11

Aloisius wurde von der Stimme seines Lehrers aus seinen Gedanken gerissen: „Aloisius, könntest du nicht versuchen wenigstens so auszusehen, als würdest du zuhören!" Es war sehr unangenehm für ihn, in so eine Situation geraten zu sein. Sabine rettete ihn aus dieser Peinlichen Lage, in dem sie den Lehrer fragte: „Wie rechnet man noch mal die Fläche eines Kreisrings aus? Mir entfällt die Formel immer wieder." Während der Lehrer die Formel auf die Tafel schrieb, und erklärte, wie es zu dieser Formel kam, lächelte Sabine Aloisius an. Er lächelte zurück.

Es fiel Aloisius schwer, sich zu konzentrieren. Er musste die ganze Zeit an seinen Vater und an Sabine denken. Er liebte Sabine, doch sein Vater würde ihm nie ein Treffen oder gar eine Beziehung erlauben. Aloisius war für seinen Vater Boxsack und Sklave. Er durfte niemandem davon erzählen. Sein Vater hatte ihm schon immer angedroht, ihn umzubringen, wenn er jemandem etwas erzählen sollte. Und alle, denen er davon erzählt hatte auch. Oft wünschte Aloisius sich, es Sabine anzuvertrauen. Doch er wollte sie nicht in Gefahr bringen. Wie sollte er sich mit Sabine treffen, ohne dass sein Vater davon erfuhr? Vor drei Tagen hatte er das gewagt. Die blauen Flecken an seinen Armen versteckte er unter ein für die Jahreszeit viel zu warmen, langärmeligen Oberteil.

Doch nur mit ihr zu telefonieren und sie in der Schule zu sehen, reichte nicht. Keines von beidem war ein geeignetes Umfeld für eine Liebes-erklärung. Vielleicht war das aber auch besser so, denn Aloisius war nicht gerade hübsch. Aber vielleicht störte das Sabine nicht. Vielleicht ging es ihr viel mehr um seinen Charakter. Blieb nur zu hoffen, dass er in dieser Hinsicht nicht seinem Vater nach war. Doch das schien nicht er Fall zu sein und beim Eisessen vor drei Tagen hatte es den Anschein gehabt, als würde Sabine ihn auch mögen. Hoffentlich teilte Sabine ihm das mit, denn er würde sich wohl eher nicht trauen, ihr seine Liebe zu gestehen.

12

In dieser Nacht konnte Lisa nicht schlafen. Der Gedanke an den Fall hielten sie wach. Immer mehr traute sie ihrer Oma diese Taten zu. Denn Lisas Oma war eine seltsame Frau gewesen. Bei jeder Kleinigkeit hatte sie Lisa zusammengeschlagen. Ihr waren ein vorgetäuschter Tod und Jahre später einige Serienmorde eindeutig zuzutrauen. Doch wie sollte Lisa diese Theorie überprüfen. Michael hatte recht, der Staatsanwalt würde sie für verrückt erklären.

Tom wachte auf und frage sie: „Was ist los?" Lisa antwortete: „Der Fall lässt mich nicht los. An meiner Arbeit hängen Menschenleben, ich habe ein Idee, was los sein könnte, aber wenn ich das dem Staatsanwalt erzähle, komme ich in die Psychiatrie, aber nicht der Täter. Und das kann ich wirklich nicht gebrauchen." Ihr Mann schüttelte den Kopf: „Du wirst etwas finden. Morgen. Du solltest ausgeschlafen sein, damit du vernünftig arbeiten kannst." Lisa schloss die Augen und murmelte: „Gute Nacht." Noch während sie sprach, schlief sie ein.

Am nächsten Morgen war Lisa jedoch nicht wirklich ausgeschlafen. Die ganze Nacht hatte sie von ihrer Oma Mechthilde geträumt. Von den Schlägen, von den Beleidigungen und von dem Messer, dass sie zu ihrer Oma mitgenommen hatte. Sie hatte außerdem von einem Mann, der perfekt ins Opferprofil passen würde, geträumt im dem Traum kam auch ein weiterer ihr unbekannter junger Mann vor. Rein theoretisch hätte die Täterbeschreibung auch auf ihn gepasst.

Der Traum ging ihr auch beim Frühstück nicht aus dem Kopf. Lisa mochte keinen Kaffee, aber heute musste sie ihn trinken, um wach zu werden. Sie starrte auf die Tischplatte und warf ein paar Stücke Würfelzucker in ihren Kaffee. „Lisa…" Tom sah sie verwundert an. „Ja." „Du hast gerade drei Stück Käse in deinen Kaffee geworfen und ein Stückchen von deinem Käsebrot mit Salz und Pfeffer. Wirklich ausgeschlafen bist du nicht." Lisa erklärte ihm: „Ich habe wieder einmal von meiner Großmutter Mechthilde geträumt. Ich hatte solche Angst. Und dieser Traum geht mir nicht aus dem Kopf." „Ich habe mir schon so etwas gedacht. Du hast im Schlaf um dich geschlagen." Er rieb sich die Seite, als hätte er Schmerzen. „Oh, das tut mir leid. Ich wollte dir nicht wehtun." „Ist schon okay, es war ja nicht mit Absicht." Er lächelte. „Ich muss mir keine Sorgen machen, das dich bei einem Einsatz jemand schlägt. Du würdest dich wehren und denjenigen wahrscheinlich krankenhausreif schlagen. Zum Glück hast du nur die Matratze verprügelt. Der Hieb, den ich abbekomme habe, war eine Ausnahme. Ich habe dich nicht geweckt, weil in dem Moment schon der Wecker geklingelt hat. Aber deiner Matratze sieht man an, dass sie eine ziemliche Tracht Prügel einstecken musste!"

Im Büro benutzte Lisa die Kaffeemaschine, was sie sonst nie tat, und verwendete dabei eine Unmenge von Kaffeepulver. Michael betrat den Raum und fragte: „Seit wann trinkst du Kaffee?". Er warf einen Blick auf die Menge Kaffeepulver im Filter: „Und dann auch noch so stark, Wie kannst du das überhaupt trinken?" Lisa antwortete gereizt. „Ich will seit heute Morgen Kaffee trinken und ich hoffe, dass ich morgen wieder damit aufhören kann. Ich hatte letzte Nacht eine Albtraum, in dem meine Oma vorkam…" „Wenn du so starken Kaffee trinkst, wirst du die nächsten zehn Jahre nicht schlafen." Lisa ließ Michael wissen: „Wenn ich einen schwächeren Kaffee trinke, kann ich heute nicht arbeiten. Ich bin in einer Hundertstelsekunde im Tiefschlaf. Heute bin ich komplett unbrauchbar, wenn ich schwachen Kaffee trinken muss. Ich war die ganze Nacht damit beschäftigt, meine Matratze und meinen Mann zu verprügeln." Michael riet ihr: „Trink bitte aber nicht mehr als eine Tasse davon, sonst bekommst du Herzrasen!"

Lisa verzog das Gesicht, als sie ihren Kaffee roch. In dem Moment dachte sie an ihre Babys und dachte darüber nach, welche Auswirkungen eine solche Dosis Koffein für

Ungeborene haben könnte. Nachdem sie auf diese Frage keine Antwort hatte und sie ihren Kindern keinesfalls schaden wollte, schüttete sie den Kaffee weg, ohne einen Schluck getrunken zu haben.

Wo fing man an zu suchen, wenn man eine Person suchte, von der man weder Name noch Wohn- oder Aufenthaltsort kannte? Was wusste sie über ihre Oma, was ihr helfen könnte? War die Großmutter in ihrer Wohnung in Graz geblieben, die Lisas Eltern als Wertanlage behalten hatten? Aber warum geschahen die Morde dann im Bezirk Voitsberg? Vieles sprach dafür, dass der Täter hier lebte. Doch wenn es ihre Großmutter wäre, hätte Lisa ihr nicht einmal begegnen müssen. Zumindest einkaufen musste jeder. Und die Großmutter hatte lange Spaziergänge geliebt. Was konnte Lisa tun, um sie zu finden? Was konnte Lisa tun, um zu verhindern, dass weitere Menschen starben?

Inzwischen berichtete ihr Michael, dass es eine weitere Leiche gab. Lisa gab daraufhin zur Antwort, dass sie keine Ahnung habe, wie sie ihre Oma finden sollte. Der Inspektor fragte Lisa: „Wieso schaust du nicht bei der alten Wohnung deiner Oma nach? Es ist zwar recht unwahrscheinlich, dass es da noch was zu finden gibt, aber es kann ja nicht schaden". Lisa antwortete: „Für den Fall, dass sie da ist, sollte jemand mitkommen – schließlich brauche ich einen Zeugen, wenn sie nicht tot ist. Und vorher schauen wir uns noch die Leiche an."

Der Tote befand sich auf einem Wanderweg neben dem Gößnitzbach. Normalerweise floss in dem kleinen Graben auf der anderen Seite des Weges ein kleines Rinnsal, der unter dem Wanderweg hindurch in den Gößnitzbach rann. Doch da es in letzter Zeit wenig geregnet hatte, war dieses Bächlein ausgetrocknet. Hinter diesem Bach ging es beinahe senkrecht nach oben und ein kleiner Teil dieser Wand war vom Regenwasser in langen Jahren glattpoliert worden. An diese Felsen war der Rücken der Leiche angelehnt und die Füße lagen auf dem Weg. Bei der Leiche handelte es sich um Otwin Aufner. Und natürlich hatte auch diese Hämatome am ganzen Körper und Würgemale am Hals

Lisa fuhr mit Michael weiter nach Graz zur ehemaligen Wohnung der Großmutter. Je näher sie dem Mehrparteienhaus kamen, desto schwerer fiel Lisa das Atmen. Sie fühlte sich, als könne sie sich kaum bewegen, als würde ihr Körper die Verbindung zu ihrem Gehirn verlieren. Alles an ihr war taub. Als sie das letzte Mal diese Straße entlanggefahren war, hatte sie einen Rucksack mit einem Messer bei sich getragen. Immer noch war es schrecklich für sie, an diese Tat zu denken. Obwohl es eigentlich keinen Tat gab, weil nichts passiert ist. Eine Frau, die kleine Kinder zum Spaß verprügelte, hatte ein wenig Angst bekommen. Na gut, ihre Oma hatte richtige Panik gehabt und eine Seite von ihrer Enkeltochter kennengelernt, die Lisa selber noch nicht kannte. Doch es war niemand verletzt worden und es war auch keiner gestorben. Lisas Oma hatte Angst gehabt und das auch verdient. Lisa hatte ihr ganzes vorherigen Leben Angst vor der Großmutter gehabt und an diesem Tag hatte sie es geschafft, den Spieß umzudrehen.

Vor dem Mehrparteienhaus angekommen, wollte Lisa aus dem Auto steigen. Doch ihre Beine gaben unter ihr nach und sie fiel auf den Asphalt. Michael half ihr wieder auf und fragte: „Bist du dir sicher, dass du das schaffst? Ich kann sonst auch allein nachsehen, ob dort jemand wohnt, auf den die Täterbeschreibung passt." Lisa schüttelte den Kopf: „Ich muss mich der Vergangenheit stellen. Erst wenn ich lerne, mit dem Schlimmsten umzugehen, was ich je erlebt habe, kann ich nachts wieder ruhiger schlafen. Ich habe jahrelang versucht es zu verdrängen, doch das kann auf Dauer nicht funktionieren. Darum muss ich jetzt mitkommen." Da Michael das verstand, gab er ihr noch ein wenig Zeit, um sich zu beruhigen.

Rückblende 12

Was sollte Aloisius nur anziehen? Er hatte überall blaue Flecken, aber für einen langärmligen Pullover war es zu warm. Bei kürzeren Ärmeln sah man jedoch einige Verletzungen. Seine Mitschüler, allen voran Sabine würden Fragen stellen. Normalerweise konnte er Verletzungen gut erklären, aber der Bluterguss an seinem linken Handgelenk war eindeutig ein Handabdruck. Und Sabine würde wissen, woher dieser kam. Vor fünf Tagen hatten sie miteinander Eis gegessen und er war unverletzt gewesen, zumindest am Handgelenk. Das Treffen war riskant gewesen, aber er war bereit gewesen, dieses Risiko einzugehen. Ein Fehler, wie sich schnell gezeigt hatte, nachdem er nachhause gekommen war.

„Ist dir nicht warm mit deinem Pullover?" „Nein, mir ist kalt." „Du hast eindeutig ein gestörtes Temperaturempfinden. Mir ist schon in meinem Kleid heiß und du kommst im Pullover." „Ich glaube, ein Kleid würde mir nicht stehen." Sabine lachte und Aloisius lachte mit. Wann hatte er das letzte Mal gelacht, ohne in Wahrheit traurig zu sein?

13

Nach einigen Minuten hatte Lisa aufgehört zu zittern. Auch ihre Atmung hatte sich normalisiert. Inzwischen hatte sie wieder die komplette Kontrolle über ihren Körper und konnte bis zur Wohnungstüre ihrer Oma gehen. Michael fragte sie: „Ist wirklich alles in Ordnung? Du bist so blass. Das letzte Mal, als du so blass warst, musstest du ein Referat halten. Du warst so nervös, dass du den ganzen Tag nichts essen konntest und kurz vor dem Referat eine Schwindelattacke hattest." „Mir geht es gut. Ich bin immer blass, wenn ich aufgeregt bin. Vielleicht verhaftest du gleich einen Serienmörder, mit dem ich verwandt bin und der mir meine Kindheit genommen hat." Lisa atmete nochmal tief durch, dann klopfte sie an die Tür.

Eine Frau öffnete die Tür, die eindeutig nicht Lisas Großmutter war. Die Frau war vermutlich Ende Zwanzig und 1,65 Meter groß. Sie fragte Lisa, weshalb sie geklopft hatte. Die Wahrheit schien zu verrückt klingend, dass Lisa sie erzählen wollte. Also

sagte sie, sie habe sich bezügliche der Hausnummer getäuscht.
Damit hatte Lisa gar keinen Anhaltspunkt mehr. Ihre Oma konnte überall sein. Am wahrscheinlichsten war es zwar im Bezirk Voitsberg, aber sie konnten wohl kaum an jeder Voitsberger Tür klopfen, um ihre Oma zu finden. Und jede männliche Person, auf die die Täterbeschreibung passte, auf die Polizeidienststelle zu bestellen, ging auch nicht. Sie sollte auf gut Glück einen Serienmörder finden. Sie musste auf gut Glück weiteren Menschen das Leben retten.

Auf dem Weg nach Hause fragte Lisa Michael: „Wie machen wir jetzt weiter?"
„Wir können derzeit nicht viel tun. Die Täterbeschreibung wurde an alle Polizeistreifen weitergegeben. Vielleicht sammeln sie den Komplizen deiner Oma auf einer Streifenfahrt ein."

Lisa erklärte ihm: „Das reicht mir nicht. Ich werde einfach immer, wenn ich Zeit habe, spazieren gehen und Ausschau nach meine Oma halten."

Michael verdrehte die Augen: „Wenn du meinst, dass bringt etwas, dann mach es. Es zwar extrem unwahrscheinlich, dass du sie oder ihn zufällig triffst, aber frische Luft kann man nie genug haben. Gerade während einer Schwangerschaft kann das nicht schaden." Lisa würde sicherheitshalber ihren Mann in den Plan miteinbeziehen. Er würde sich bestimmt freuen, wenn sie möglichst viel Zeit mit ihm verbringen möchte.

Als Lisa an diesem Abend nach Hause kam, wartete ihr Mann schon auf sie. Er fragte: „Hast du den Serienmörder gefunden?" Lisa antwortete: „Nein. Aber ich möchte in nächster Zeit ganz oft spazieren gehen. Vielleicht läuft er uns dabei über den Weg. Und wenn nicht, gehen wir fast entspannt spazieren und haben ganz viel frische Luft." „Okay. Ich gehe gerne mit dir spazieren und frische Luft wird weder uns beiden noch unseren Babys schaden." Lisa nickte: „Eben. Es hat nur Vorteile."

Am nächsten Tag hatten beide frei. Sie frühstückten noch früher als sonst, denn schon um elf Uhr vormittags wurde die

Sommerhitze unerträglich. Eine Tropennacht jagte die andere und jeden Tag hatte es dreißig bis vierzig Grad. Lisa mochte zwar warme Temperaturen, aber das war zu viel des Guten. Darum wollte sie bereits um acht Uhr losgehen. Bereits um diese Uhrzeit würde es über zwanzig Grad haben, auch über 25 Grad würden Lisa keineswegs überraschen. Aber wenigstens konnte sie jetzt noch sparzieren gehen.

Lisa und ihr Mann hatten sich entschieden, im Wald spazieren zu gehen. Dabei kamen sie an der Stelle an, an der die Leiche von Nicklas gefunden worden war. Tom hätte gerne eine Kerze angezündet, aber der Wald war durch die große Hitze und den wenigen Regen trocken und die Waldbrandgefahr war viel zu groß. Lisa sah sich um. Wohin war der Täter verschwunden? Sie wusste von der Befragung des Pfarrers, wo der Täter gesehen worden war. Die Spurensicherung hatte nicht gefunden, aber was, wenn etwas übersehen worden wäre? Nicht bezüglich der Spuren, sondern der Ort an sich?

Lisa ging zu genau der Stelle, an der der Täter gestanden haben musste. War es der Komplize ihrer Oma war? Oder täuschte sie sich mit ihrer Theorie? Wenn die Großmutter ihren Tod vorgetäuscht hätte, hätte sie höchstwahrscheinlich den Kontakt zu ihrer Familie abbrechen wollen. Wieso hätte sie im Bezirk Voitsberg leben sollen, so nah am Zuhause ihrer Enkeltochter? Und woher hätte sie das Geld für eine neue Existenz nehmen sollen? Weshalb sollte Lisas Oma einen Serienmord begehen sollen? Es war doch sehr wahrscheinlich, dass Lisa sich getäuscht hatte. Das hätte ihr aber auch früher auffallen können. Lisa fühlte sich schuldig. Alle Ermittler richteten sich nach ihrem Täterprofil, nur sie selbst nicht. Sie suchte irgendeine nichtexistierende Verbindung. Und weil sie sonst einen guten Instinkt hatte, konnte sie den merkwürdigsten und unlogischsten Theorien nachgehen und so Menschenleben aufs Spiel setzen.

„Lisa, was ist los? Ich sehe doch, dass es dir schlecht geht." Ihr Mann war ihr nachgekommen. Sie antwortete: „Gerade habe ich gemerkt, wie unlogisch meine Theorie ist, dass es meine Oma das nicht gewesen sein kann. Sie hätte keinen Grund gehabt hier zu bleiben und es hätte an Geld für einen Neuanfang gefehlt. Ich bin schuld an Nicklas´ und Otwin Aufners Tod. Meine Oma passt nicht ins Täterprofil und trotzdem habe ich nur nach ihr gesucht, nicht nach dem Täter." Lisa hatte, während sie gesprochen hatte, angefangen zu weinen.

Sie erwartete, dass ihr Mann sie anschreien und ihr Vorwürfe machen würde. Und sie rechnete mit einer harten Standpauke als Strafe für ihren Fehler. Jedes Wort würde sie akzeptieren, egal, wie sehr es wehtun würde. Doch ihr Mann verletzte sie nicht. Er umarmte sie und flüsterte ihr ins Ohr: „Du bist nicht schuld am Tod der Männer. Bitte denk nicht, ich sei dir böse. Ich will nicht, dass du mir Vorwürfe machst. Du hast nichts falsch gemacht." Normalerweise half es Lisa, wen ihr Mann ihr sagte, sie solle sich nicht schuldig fühlen. Aber diesmal quälte sie trotzdem das schlechte Gewissen. Sie würde gleich am nächsten Tag mit Michael sprechen. Diesmal würde er keine Gnade walten lassen, denn diesmal hatte sie einen schwerwiegenderen Fehler gemacht. Diesmal hatte sie Leben gefährdet und dafür musste sie gerecht bestraft werden.

Rückblende 13

Aloisius lag in der Küche am Boden. Sein Vater hatte ihn verprügelt, weil er ihn bei der Arbeit beim Telefonieren erwischt hatte. Wie sollte er Sabine den abgebrochenen Anruf erklären, ohne sie in Gefahr zu bringen? Auf keinen Fall wollte Aloisius, dass sein Vater Sabine etwas antat. Er würde zwar manchmal gerne jemandem sein Herz ausschütten, doch sein Verstand hinderte ihn daran. Es war einfach zu riskant.

Am Abend in seinem Zimmer rief Aloisius noch einmal Sabine an, damit sie sich keine Sorgen machte. Als sie abhob, fragte sie sofort: „Wieso ist der Anruf heute Nachmittag abgebrochen." „Mein Vater war ein bisschen wütend auf mich, weil ich während der Hausarbeit telefoniert habe." Sie stellte besorgt eine weitere Frage: „War er sehr böse auf dich?" Sie anlügen zu müssen tat Aloisius fast mehr weh als die Schläge, die er heute von seinem Vater bekommen hatte. „Nein. Nur ein bisschen. Er hat nur kurz mit mir geschimpft und dann habe ich weitergearbeitet." Sabine wollte wissen: „Musst du viel Hausarbeit machen?" Ja, alles weil mein Vater zu besoffen für Hausarbeit ist, dachte Aloisius. Doch er sagte: „Ich habe wahrscheinlich mehr zu tun als du, weil mein Vater und ich alleine sind und zu zweit den ganzen Haushalt stemmen müssen" Das war zumindest nicht komplett gelogen.

Nachdem er geschafft hatte, Sabine bezüglich des abgebrochenen Anrufs zu beruhigen, redeten sie noch ein bisschen über alles Mögliche. Über die Noten, die sie auf die letzte Schularbeit geschrieben hatten, über ihre Lieblingsessen und am Ende sogar über das Wetter. Bis Sabine fragte: „Können wir uns bald wieder treffen? Wir könnten zum Beispiel ins Kino gehen." Aloisius antwortete: „Ich muss schauen, wann ich Zeit habe" Sabine erklärte: „Ich fände es schön, wenn wir uns wieder einmal verabreden könnten. Du bist ein netter Mensch und ich habe dich gern." Aloisius war froh, dass Sabine nicht sehen konnte, wie er rot wurde.

14

Als sie am nächsten Morgen zur Polizeidienststelle kam, war ihr schlechtes Gewissen noch stärker als am Tag zuvor. Sie musste mit Michael sprechen ungeachtet der Schmerzen, die dieses Gespräch auslösen könnte. Lisa begegnete Michael auf dem Weg in ihr Büro. Eingeschüchtert bat sie ihn: „Kannst du bitte kurz mitkommen. Ich muss mit dir reden." Er folgte ihr in ihr Büro. Dort schloss sie die Tür und erklärte ihm, wieso sie sich mittlerweile sicher war, dass ihre Theorie nicht stimmte. Sie senkte eingeschüchtert den Blick, als Unterhuber schimpfte.

Diesmal war er streng und offensichtlich auch wütend. Die Standpauke verletzte Lisa und sie wusste, dass sie es verdient hatte. Unterhuber wusste inzwischen, wie schwer es für Lisa war, solche Situationen zu ertragen, sie musste ihre Schmerzen nicht verstecken.

Als er das Büro verließ, weinte Lisa. Die Schere lag noch immer auf ihrem

Schreibtisch. Doch sie musste den verdienten Schmerz ertragen. Sie musste selbst damit zurechtkommen, auch wenn es weh tat. Die Schere musste bleiben, wo sie war. Lisa arbeitete weinend an einer neuen Theorie. Diesmal würde sie jedoch vorsichtiger sein. Aber sie könnte ihre Notizen durch die Tränen kaum lesen, was sie zu einer Pause zwang.

Unterhuber betrat erneut das Büro und fragte: „Hast du etwa noch immer nichts gefunden?" Seine Stimme war hart und kalt. Lisa entschuldigte sich kleinlaut. Unterhuber schrie sie an: „Jetzt reiß dich mal zusammen!" Lisa nickte und begann zu arbeiten. Unterhuber verließ den Raum türen-knallend, während Lisa weinend arbeitete. Die Tränen machten es Lisa schwer, die Notizen zu entziffern. Und egal, wie oft sie die Informationen durchging, sie fand einfach nichts. Ihr gesamter restlicher Tag wurde von Tränen begleitet.

Zuhause angekommen setzte Lisa sich, immer noch weinend, auf die Couch. Tom fragte sie, als er nachhause kam: „Willst du mit mir reden?" Lisa antwortete: „Als ich Unterhuber erzählt habe, dass ich mich getäuscht habe, hat er mit mir geschimpft. Er hat mich angeschrien." Lisa klang wie ein kleines Kind. Und sie fühlte sich genau so hilflos, wie damals, als ihre Oma sie misshandelt hatte. Tom merkte das und wollte Lisa tröstend in den Arm nehmen, doch Lisa wehrte sich dagegen. Sie erklärte ihm: „Es tut zwar unglaublich weh, aber ich habe es verdient. Strafe muss sein." Tom entgegnete: „Unterhuber übertreibt. Du hast einen guten Instinkt, aber er kann nicht verlangen, dass du immer recht hast. Er war viel zu streng mit dir. Hast du eigentlich immer noch das Gefühl, dass deine Oma etwas mit dem Fall zu tun hat?" Lisa nickte. Ihr Mann erläuterte: „Dann ist das auch so" Tom nahm Lisa noch einmal in den Arm und diesmal wehrte sie sich nicht. Nach und nach trockneten ihre Tränen. Dennoch hatte Lisa Angst davor, dass sie morgen mit Unterhuber zusammenarbeiten musste.

Sie teilte das ihrem Mann mit. Er reagierte geschockt: „So geht das nicht weiter. Ich werde mit ihm reden, Er kann dich doch nicht so sehr quälen. Du hast dich vor nicht einmal einer Woche geritzt, weil du eine Standpauke nicht ertragen hast. Und jetzt ist er wieder so grausam zu dir. Obwohl er weiß, wie sehr es dich verletzt. Deine Theorie hat er nie hinterfragt und geht davon aus, dass du bei deiner ersten Idee sofort recht hast. Er kann doch nicht davon ausgehen, dass du perfekt bist. Jeder Mensch macht Fehler."

Zum ersten Mal, seit sie Tom kannte, erlebte sie ihn wütend. Lisa kannte ihn im allerschlimmsten Fall genervt. Doch jetzt war er wütend und Lisa machte sich Sorgen, er könnte etwas unüberlegtes tun. Sie bat ihn deshalb: „Bitte misch dich da nicht ein. Bitte versprich mir, dass du nichts tust. Ich werde mit Unterhuber reden, aber überlass das mir."

Tom erwiderte schon fast verzweifelt: „Jetzt hast du vielleicht geplant, mit ihm zu sprechen, aber wenn du Unterhuber begegnest, fürchtest du dich und lässt dir das Alles gefallen." Das konnte Lisa nicht abstreiten. Sie hatte Angst vor Unterhuber. Noch viel stärker als vor ein paar Tagen. Was war da nur los? Vor ein paar Tagen hatte er sie getröstet. Nun war er so grausam zu ihr.

Als hätte er ihre Angst gespürt, umarmte er sie noch einmal und flüsterte ihr ins Ohr: „Es ist nicht gut, wenn du dich stresst. Ganz besonders für unsere zwei Prinzessinnen, die wahrscheinlich nie Prinzessinnen sein wollen. Wenn wir schon bei den kleinen sind, vielleicht können wir noch ein paar Namen von unserer Liste streichen." Am Ende blieben nur die Namen Maria und Marie übrig. Lisa freute sich auf ihre zwei Töchter.

Doch obwohl Lisa versuchte, nicht an den heutigen Arbeitstag zu denken, begleiteten Angst und Schmerz den ganzen Abend. Ihr Mann versuchte zwar, ihr zu helfen, aber es reichte nicht. Sie hatte Angst vor Unterhuber, den sie zwar schon seit der Schulzeit kannte und doch noch nie so wütend erlebt hatte. Sie wollte gar nicht erst an den nächsten Arbeitstag denken. Wenn Unterhuber bemerkte, dass sie keine neue Theorie hatte, würde er sie bestimmt verletzen.

In dieser Nacht hatte sie einen Schrecklichen Albtraum. Sie träumte, dass ihre Oma sie zusammen mit Unterhuber zusammen verprügelte. Am nächsten Morgen lag ihr Mann nicht mehr neben ihr im Bett. Er war gar nicht zuhause. Auf dem Küchentisch lag ein Zettel:

Lisa, ich kann nicht zulassen, dass Unterhuber dich weiterhin so quält. Ich werde alles regeln und ihn zur Rede stellen. Wer dich verletzt, legt sich gleichzeitig mit mir an, und was Unterhuber dir angetan hat, kann ich nicht tolerieren.

Rückblende 14

Sabine hatte Aloisius wieder eingeladen. Sie wollte gerne noch einmal ein Eis essen. Als Aloisius wieder nachhause gekommen war, hatte sein Vater ihn verprügelt. Einige Wochen war das jetzt her. Trotzdem wollte er es noch einmal wagen. Aber dieses Mal würde er sich besser vorbereiten.

Anstatt Geld für sein Eis aus der Haushaltskassa zu nehmen, wie beim letzten Mal, nahm er das Geld direkt von seinem Gehalt im Nebenjob, damit sein Vater nichts merkte. Sollte Sabine wieder Aloisius´ Eis bezahlen, würde er diese fünf Euro mit dem nächsten Gehalt in die Haushaltskasse legen. Außerdem mischte Aloisius seinem Vater etwas von seinem Schlafmittel ins Bier. So würde der Vater den Ausflug seines Sohnes nicht bemerken. Um drei Uhr nachmittags schlief der Vater tief und fest. Aloisius schlich sich aus der Tür.

15

Lisa beeilte sich, rechtzeitig zur Arbeit zu kommen. Was hatte ihr Mann vor? Er war schon gestern Abend wütend gewesen. So hatte Lisa ihn bisher nie erlebt und deswegen konnte sie ihn jetzt nicht einschätzen. Als sie bei der Polizeidienststelle ankam, sah sie das, wovor sie sich am meisten gefürchtet hatte. Tom prügelte sich mit Unterhuber. Er neigte nicht zu Gewalt. Doch es gab für ihn nichts Schlimmeres, als Lisa leiden zu sehen. Unterhuber hatte ihr Schmerzen zugefügt und das war für ihren Mann schrecklich.

Sie sprang aus dem Auto, um dazwischen zu gehen. Dabei bekam sie einen Schlag gegen den Rücken ab. Lisa fragte ihren Mann: „Wieso prügelst du dich mit ihm? Ich habe dir doch gesagt, dass ich damit zurechtkomme. Es ist zwar hart, aber es wird schon irgendwie gehen." Ihr Mann wirkte verzweifelt: „Ich merke doch, wie sehr du leidest. Du hast die ganze Nacht geschrien."
„Aber ihn zu verprügeln ist doch auch keine Lösung. Es ist lieb, dass du dir Sorgen macht und es ist auch schwer, aber so hilfst du mit

nicht." Ihr Mann sah das ein und fuhr zu seiner Arbeit, jedoch bedachte er Unterhuber mit einem drohenden Blick.

Unterhuber wirkte verstört: „Du hattest einen Albtraum? Ich wollte dich nicht so sehr quälen. Eigentlich. Also… Es ist halt so… Ich kann mit Stress nicht umgehen. Es ist mir ein bisschen unangenehm. Ich werde in Zukunft darauf achten und an mir arbeiten. Aber ich kann nichts versprechen." Er wirkte, als hätte er ein schlechtes Gewissen. Lisa wusste nicht, was sie davon halten sollte. Jedoch wollte sie nicht, dass er sich Vorwürfe machte. Also sagte sie: „Es… Es ist schon in Ordnung. Ich habe zwar noch ein bisschen Angst vor dir, aber das wird schon wieder. Gib mir bitte einfach etwas Zeit."

Michael umarmte sie vorsichtig. Dabei kam er an genau die Stelle, die einen Schlag abbekommen hatte. Sie zuckte zusammen. Er ließ sie wieder los. „Es tut mir leid. Ich… Ich hätte dir vielleicht nicht so schnell so nahekommen sollen. Gerade, wo du mir vor ein paar Sekunden gesagt hast, dass du sich vor mir fürchtest." „Daran lag es nicht. Als ich vorhin dazwischen gegangen bin, habe ich einen Schlag gegen den Rücken bekommen. Und genau da hast du mich gerade berührt. Mir war gar nicht bewusst, wie kräftig Tom zuschlagen kann. Er trainiert ja nicht mal." Michael lachte. „Ich will ja wohl hoffen, dass du nicht weißt, wie fest er zuschlagen kann. Aber ich gehe nicht davon aus, dass du dich von irgendjemandem misshandeln lassen würdest. Glaub mir, von ihm willst du nicht zusammengeschlagen werden."

„Ich wusste nicht, was er vorhatte. Ich bin heute Morgen aufgewacht und er lag nicht bei mir im Bett. Auf dem Küchentisch lag ein Zettel, dass er diesen Streit zwischen uns regeln will. Ich bin hierhergefahren und habe die Prügelei gesehen. Das ist eigentlich nicht seine Art. Und als ich dazwischen gegangen bin, habe ich einen kleinen Schlag gegen das Schulterblatt bekommen." Michael antwortete: „So wie du zusammengezuckt bist, war es alles, nur kein kleiner Schlag. Und du bist dir sicher, dass er nicht trainiert?" Lisa war froh, dass sich der Streit geklärt hatte. „Ich glaube, du und Tom solltet euch aussprechen. Morgen. Heute ist er wahrscheinlich noch sehr wütend. Ich werde mit ihm reden und morgen sprecht ihr euch aus." Dagegen hatte Michael nichts einzuwenden.

Um Tom zu beruhigen, rief Lisa ihn an. Er hob nicht ab. Das war untypisch für ihn, aber vielleicht war es gerade besonders stressig in der Klinik, in der er arbeitete. Also begann Lisa zu arbeiten. Trotz der Aussprache hatte sie Angst. Angst davor, dass Michael ihr wegen irgendetwas böse sein könnte, dass sie wieder verletzt werden würde. Die letzten Wunden auf ihrer Seele waren noch nicht verheilt. Seit dem Kratzer auf dem Handrücken hatte es auch seelisch immer neue Wunden gegeben und keine hatte die Zeit gehabt, zu heilen. Noch mehr Verletzungen würde sie nicht ertragen. Aber sie musste sich zusammenreißen und arbeiten. Auch, wenn sie sich fürchtete. Auch, wenn sie seelische Wunden hatte. Denn immer noch ging es um Menschenleben.

Ihr Telefon läutete. Es war Tom. Lisa hob ab. Tom klang besorgt: „Warum hast du angerufen? Ist Unterhuber wieder ausgerastet?" „Nein. Ganz im Gegenteil, er hat sich bei mir entschuldigt und möchte eine Aussprache mit dir." Das hatte Tom anscheinend nicht erwartet. Zumindest hörte er sich sehr erstaunt an: „Heute?" „Nein. Morgen. Er will sicher sein, dass du dich beruhigt hast." Fast hörte Tom sich an, als hätte er ein schlechtes Gewissen: „Eigentlich bin ich nicht so. Aber nachdem du zwei Mal so traurig warst, weil er dich so streng behandelt hat…Ich war nicht mehr ich selbst. Das erste Mal, als es dir so schlecht ging, dachte ich, er wäre unaufmerksam gewesen. Aber beim zweiten Mal wollte er dir wehtun. Er wollte, dass es dir schlecht geht. Du hast so unter seinem Verhalten gelitten. Und dein Albtraum gestern war dann einfach zu viel. Ich habe dich nicht geweckt, weil du mich von meinem Vorhaben abgehalten hättest. Und weil du in wenigen Minuten ohnehin aufgestanden wärst, bin ich gleich losgefahren. War er dir böse, weil ich ihn geschlagen habe?"

„Er ist nicht auf mich böse. Und auch nicht auf dich. Auch wenn du anscheinend ganz schön hart zugeschlagen hast." Tom klang schuldbewusst: „Zum Glück hat er mir verziehen. Es tut mir leid, wie ich mich verhalten habe." Lisa wollte nicht, dass er sich so schlecht fühlte: „Er ist dir nicht böse. Und ich bin es auch nicht." Er verabschiedete sich. Dabei klang er, als würde er sich etwas besser fühlen.

Irgendwie funktionierte es nicht wirklich mit der neuen Theorie. Wenigstens konnte sie ein- oder zweimal den schwarzen Faden verwenden. Wirklich sicher fühlte sie sich bei ihren Ideen nicht. Aber es war zumindest ein Anfang.

Rückblende 15

Nicht nur einmal war Aloisius auf seine blauen Flecken angesprochen worden. Und nicht nur einmal war er mit irgendwelchen seltsamen Ausreden davongekommen. Doch wie er seinen Mitschülern eine Verletzung am Kopf erklären sollte, ohne diese extrem zu beunruhigen, war ihm ein Rätsel. Gerade Sabine durfte keinerlei Verdacht schöpfen. Und ausgerechnet sie hatte die beste Menschenkenntnis der Welt. Er musste aufpassen, denn wenn Sabine von Aloisius´ gewalttätigem Vater erfuhr, würde sie diesen mit den Vorwürfen konfrontieren und das wäre ihr sicherer Tod.

Kaum hatte Aloisius die Schule betreten, kam schon einer seiner Mitschüler auf ihn zu. „Was ist den passiert? Du hast eine richtig heftige Verletzung am Kopf!" „Einer Meiner Nachbarn hat mir mit einer Bierflasche auf den Kopf geschlagen." Es war kein Nachbar, sondern sein Vater gewesen, aber das durfte niemand erfahren. „Hat es sehr weh getan?" hier konnte Aloisius ehrlich sein: „Ja, aber jetzt nicht mehr ganz so sehr. Nur mehr ein bisschen." Sabine würde ihm diese Geschichte wahrscheinlich glauben. Sie kannte niemanden in seiner Nachbarschaft. Und sie wuchs in einer Liebevollen Familie auf, der Gedanke, von Eltern verprügelt zu werden war für sie kaum vorstellbar. Für Aloisius war es leider Alltag.

6

Tom kam fünf Minuten später als Lisa nachhause. „Ist alles in Ordnung. Hat er sich beruhigt, oder müssen wir die Aussprache absagen. Ich bin ganz ehrlich, ich vertraue diesem Kerl nicht. Wer weiß, ob er morgen ausrastet. Er wirkt auf mich unberechenbar und streng. Fast, als hätte er Spaß an deinem Schmerz." Lisa war anderer Meinung: „Du hast seine Entschuldigung nicht gehört. Seine Reue war echt. Ehrlich gesagt hat er mir fast ein bisschen leidgetan." „Übertreib jetzt nicht. Mag ja sein, dass es ihm leidtut, aber ein bisschen Reue wird ihm guttun. Vielleicht lernt er endlich etwas daraus." Seine Frau konnte ihm nicht zustimmen.

Sie kannte den seelischen Schmerz, der durch Reue ausgelöst werden konnte. Dieses Gefühl konnte jemanden fürchterlich verletzen, ohne dass man sich wehren konnte. Schon oft hatte sie aus Reue geweint und war der Meinung gewesen, dass sie es verdient hatte. Niemand verdiente Schuldgefühle. Denn Schuldgefühle waren hart und hinterließen seelische Wunden, die, in extremen Fällen, Narben hinterließen. Tränen waren keine Seltenheit, wenn Lisa einen Fehler gemacht hatte, und ihn bereute. Solche Schmerzen hatte niemand verdient.

Das erzählte sie ihrem Mann. Er sagte nichts, wirkte aber nicht überzeugt. Vorsichtig nahm er sie in den Arm. „Du bist so verletzt. Haltest du diesem Gespräch stand? Ich weiß doch, dass du so hilflos bist. Es ging dir schlecht. Du hast dich geritzt und er wurde noch strenger." Lisa fand, dass er etwas übertrieb. „Ich schaffe es schon. „Sei bitte nicht so aggressiv, wenn wir morgen die Aussprache haben." Er klang irritiert. „Ich bin werde ihn nicht schlagen. Und ich bin nicht aggressiv." „Verbal schon. Bleib morgen bitte sachlich. Er hat sich entschuldigt und damit hat er sich verdient, dass wir bei der Aussprache sachlich bleiben." Tom murmelte nur etwas in seinen nicht vorhandenen Bart. „Tom. Ich weiß, du fühlst dich schlecht, weil ich mich schlecht fühlen musste, aber das, was du jetzt aufführst, ist Kindergarten." „Ich versuche, mich zusammenzureißen." Nun war Lisa einmal streng. „Nicht nur versuchen, sondern machen."

Ihr Mann zuckte zusammen. Lisas Ton war sehr scharf gewesen. Offenbar hatte sie Tom verletzt. Er senkte den Blick, wirkte fast schon unterwürfig und sah aus, als würde er den Schmerz innerlich Bündeln und sich selbst bestrafen. Das hatte Lisa ihm nicht antun wollen. Sie nahm ihn in den Arm und beruhigte ihn. Tom reagierte nicht. Vorsichtig ließ sie ihn los. „Ich war zu streng. Mach dir keine Vorwürfe!" Dann Umarmte sie ihn erneut. Diesmal erwiderte er die Umarmung. Trotzdem hatte Lisa das Gefühl, dass ihm etwas auf der Seele lag. „Du kannst immer mit mir reden. Ich bin für dich da." „Ich will nicht darüber reden." Das war neu für Lisa. „Wenn sich das ändert, kannst du mir das immer sagen." Tom nickte. Lisa konnte nur hoffen, dass er es wirklich verstanden hatte.

In dieser Nacht war es Lisa die aufwachte, weil ihr Mann einen Albtraum hatte. Er weinte und schrie im Schlaf. „Tom wach auf!" Er fuhr hoch. „Alles ist gut. Du hast nur geträumt. Aber was belastet dich so sehr, dass du nachts nicht mehr ruhig schlafen kannst?" Es schien ihm sehr gut zu tun, dass Lisa ihm zu helfen versuchte. Sie umarmte ihn. Er blieb stumm. Anscheinend war es diese Sache, über die Tom nicht reden wollte. Wieso auch immer.

Normalerweise wusste Tom, dass er mit Lisa über alles sprechen konnte. Wieso dieses Mal nicht? Wieso war es jetzt so schlimm für ihn? War es ihm peinlich? Machte er sich Sorgen um sie? Hatte er Angst vor jemandem? Oder vor etwas? Lisa klammerte sich noch fester an Tom. Zögerlich erwiderte er die Umarmung. Er wirkte vorsichtig. Sie strich ihm über den Rücken. „Was ist los? Wieso redest du nicht mit mir? Hast du Angst vor etwas? Oder ist es dir peinlich? Dir muss vor mir nichts peinlich sein." Tom schüttelte den Kopf." Es ist nicht peinlich. Es geht dich einfach nichts an!" Beim zweiten Satz klang er Abweisend und kalt. Damit hatte Lisa am allerwenigsten gerechnet. Er hatte Geheimnisse vor ihr! Aber wieso? Was konnte so schlimm sein, dass er es ihr nicht sagen konnte?

Lisa kam ein schrecklicher Verdacht. Vor zwei Wochen hatte sich Tom mit einer Freundin aus seiner Schulzeit getroffen. Sie wusste, dass sie vor über zwanzig Jahren zusammen gewesen waren. Konnte es sein, dass...? Seit diesem Treffen war Tom irgendwie anders. Er war noch besorgter als sonst, prügelte sich und reagierte sehr extrem, wenn Lisa streng wurde und verheimlichte Dinge, die Lisa, aus seiner Sicht, nichts angingen. Eigentlich traute sie ihm so etwas nicht zu, aber andererseits hatte sie ihm nicht zugetraut, eine Körperliche Auseinandersetzung zu beginnen.

Tom war wieder eingeschlafen. Dafür lag Lisa wach. Was hatte Tom im Schlaf vor sich hingemurmelt, bevor sie ihn geweckt hatte. Irgendetwas, das geklungen hatte, wie: „Wenn Lisa das erfährt... Versprechen gebrochen... sie enttäuscht." Oder fantasierte sie sich etwas zusammen? Seit sie sich kennengelernt hatten, hatte Lisa immer volles Vertrauen in Tom gehabt. Hatte sie sich getäuscht? Seit fast 18 Jahren kannten sie sich. Hatte er sie die ganze Zeit belogen? Okay, dass er sie 18 Jahre belogen hatte, war unwahrscheinlich. Vermutlich hatte er gerade deswegen ein schlechtes Gewissen. Oder steckte vielleicht auch etwas ganz anderes dahinter? Was konnte so schlimm sein, dass Tom sich nicht traute, es ihr zu sagen? Etwas anderes fiel Lisa nicht ein. Sie betete, dass sie sich täuschte. Doch ziemlich viel sprach dafür, dass sie recht hatte. Lisa hatte sich gestern wieder mal die Ultraschallbilder angesehen. Voller Vorfreude auf ihre Familie. Aber würde es je eine Familie geben?

Rückblende 16

Aloisius schrie vor Schmerz auf, als ein weiterer Schlag seines Vaters ihn am Rücken traf. Nach diesem Schlag ließ er ihn in Ruhe. Er musste in die Schule, was ihn wenigstens ein bisschen schützte. Sein Vater musste ihn früh genug gehen lassen, damit er nicht zu spät kam.

Als er in der Schule ankam, hatte er Kopfschmerzen. Dabei hatte er weder einen Schlag auf den Kopf bekommen noch eine Überdosis von seinem Schlafmittel genommen. Krank war er auch nicht. Irgendwann hatte einer der Lehrer erklärt, dass man von Angst oder Stress Kopfschmerzen bekommen konnte. Psychosomatik hatte er dazu gesagt. Das einzige Gegenmittel gegen den Schmerz war damit klar. Der Tod des Vaters.

Damit würde Aloisius die Kopfschmerzen noh lange ertragen müssen. Der Vater war gerade einmal 53 Jahre alt. Auch wenn der Vater eine äußerst ungesunde Menge Alkohol trank, war ein baldiger Tod unwahrscheinlich. Außer, Aloisius half etwas nach.

17

Nach Toms Albtraum hatte Lisa nicht mehr schlafen können. Sie hatte Angst, ihr Verdacht könnte stimmen. Aber für das bevorstehende Gespräch musste sich Lisa zusammenreißen. Michael klingelte an der Tür. Lisa ließ ihn ins Haus. Ganz bewusst setzte Lisa Michael und Tom so gegenüber, dass der Tisch zwischen den beiden war. Sie sollten sich nicht noch einmal prügeln. Diese Möglichkeit als kontraproduktiv zu bezeichnen wäre eine gigantische Untertreibung. Die Wahrscheinlichkeit, dass sie Aussprache scheiterte, war groß. Nicht wegen Michael, sondern wegen Tom. Denn der war verbal sehr aggressiv und Lisa befürchtete, es könnte zu einer erneuten körperlichen Auseinandersetzung kommen. Auch wenn Lisa alles tat, um das zu verhindern.

Michael begann zu sprechen, da Tom nicht sagte und ihn mürrisch anstarrte: „Es tut mir leid. Ich weiß, dass es falsch war und wollte Lisa nicht weh tun. Ich kann nicht gut mit Stress umgehen." Tom starrte Michael fassungslos an: „Wenn man keinen Stress verträgt, sollte man vielleicht nicht unbedingt Polizist werden! Da wäre Yogalehrer eher angemessen!" Darauf antwortete Michael nicht. Er sah auf die Tischplatte. Das regte Tom mehr auf, als jede Antwort die Michael hätte geben können.

„Klar, einen falschen Beruf wählen, meine Frau fertigmachen und dann nicht mal wissen, was man sagen soll, wenn man mit der Wahrheit konfrontiert wird. Was für ein Weichei kann man überhaupt sein? Der Weltrekordhalter sitzt mir gegenüber, soviel ist klar!" Wieder antwortete Michael nicht. Lisa griff ein: „Tom, reiß dich zusammen! Du übertreibst. Du bist total überbesorgt! Schon seit Tagen bist du so seltsam. Erzähl mir endlich, was mit dir los ist!"

Nun war es Tom, der zusammensank und auf den Tisch blickte. Doch diesmal hatte Lisa kein Mitleid mit ihrem Mann. So durfte er nicht mit Michael umgehen. Michael hatte vierdient, dass Lisa und Tom ihm zuhörten. Tom sah sie eingeschüchtert an. Falls er auf Gnade in ihrem Blick gehofft hatte, wurde er enttäuscht. Trotzdem sah er Lisa weiter in die Augen. Er nutzte ihren Blick, um sich selbst zu strafen. Doch Lisa verhinderte das nicht. Sie quälte ihren Mann ja nicht. Er selbst war es, der sich die Schmerzen zufügte. So wie Michael nicht schuld am Kratzer auf ihrem Handrücken war. Er war schuld an den Tränen und dem Seelischem Schmerz, doch die Schere hatte Lisa sich selbst über den Handrücken gezogen.

Tom begann zu weinen und sah noch immer in Lisas Augen. Trotz des Schmerzes. Erneut bündelte er den Schmerz innerlich. Dies war anscheinend seine Art der Selbstverletzung. Lisa wusste, dass er erst aufhören würde, wenn sie ihm die Möglichkeit dazu entzog. Ihr Blick wurde weich. Sie wollte ihrem Mann umarmen. Er entzog sie dieser lindernden Geste. Offenbar betrachtete er die Qualen als verdient. Vorsichtig nahm Lisa ihren Mann noch einmal in den Arm. Tom stieß sie von sich und lief ins Schlafzimmer. Lisa fiel auf den Boden. Michael half ihr auf. „Ich glaube, das mit der Aussprache funktioniert heute nicht. Ich glaube nicht, dass er es böse meint. Es scheint ihm schlecht zu gehen." Da hatte er recht. Lisa wusste nicht, ob sie ihrem Mann ins Schlafzimmer folgen sollte. Sie entschied sich dagegen und verabschiedete sich von Michael.

Nach einer halben Stunde kam Tom aus dem Schlafzimmer zurück in die Küche. Er hatte rote Augen, anscheinend hatte er geweint. Immer noch wirkte er traurig. Offensichtlich nahm dieser Streit ihn mit. Lisa hätte ihn gerne umarmt, aber sie entschied sich dagegen, als sie an seine Reaktion beim letzten Mal erinnerte. Sie sah Tom nicht mehr an. Bei seinem Anblick hatten Schuldgefühle gedroht, sie zu überwältigen. Doch jetzt musste sie stark sein, sie durfte den Schmerz später zulassen. Sie würde später Gerechtigkeit spüren. Und dann würde sie es zulassen, egal, wie schlimm es werden würde.

„Ich hätte Michael zuhören müssen. Es tut mir leid. Ich hatte Angst um dich, aber das ist keine Entschuldigung." „Geht es dir gut? Du hast geweint und du wirkst immer noch so massiv unglücklich." Tom antwortete: „Ich habe es verdient." Er klang, als würde er jeden Moment erneut in Tränen ausbrechen. „Was hast du getan?" Diese Frage wunderte Tom: „Du weißt es doch. Du warst dabei." „War ich nicht. Du bist doch nicht erst seit ein paar Stunden so. Du benimmst dich seit Tagen total untypisch. Du fragst nach jedem Kratzer, du prügelst dich, du machst dir wegen jeder Kleinigkeit so extreme Vorwürfe, wie jetzt." Lisa bekam keine Antwort.

Sie ging einen Schritt weiter und konfrontierte ihn mit ihrem Verdacht: „Betrügst du mich?" „Nein! Wie kommst du darauf? Ich liebe dich!" Vor einer Woche war Lisa sich sicher gewesen, dass es so war. Nun zweifelte sie. „Du hast dich vor zwei Wochen mit deiner Jugendliebe getroffen… und seitdem bist du so… extrem verändert." „Ich bin so, weil ich dir zu Beginn unserer Beziehung versprochen habe, dich immer zu beschützen. Aber das habe ich nicht geschafft. Es ging mir so schlecht deswegen. Aber wieso eigentlich? Wenn ich bedenke, was du mir zutraust… Anscheinend kannst du mir nicht vertrauen. Da macht eine

Beziehung nicht wirklich Sinn." Lisa weinte. Ihr Mann Verließ die Küche. Diesmal ging er nicht ins Schlafzimmer. Er sagte: „Ich übernachte vorerst bei Ben. Der glaubt mir wenigstens, wenn ich sage, dass ich etwas nicht gemacht habe." Tom schloss die Tür. Tränen liefen über Lisas Wangen. Wieso war ihr dieses Versprechen nicht eingefallen? Sie fühlte sich so dumm. Lisa hatte sich eine Familie gewünscht. Aber nun hatte sie alles zerstört. Der Schmerz, den sie erwartet hatte, kam in diesem Moment. Und er kam in schlimmster Form.

Rückblende 17

In dieser Nacht konnte Aloisius nicht schlafen. Die Schmerzen hielten ihn wach. Sein Körper tat weh, doch seine Seele hatte die schlimmeren Verletzungen. Vor fast acht Jahren war seine Mutter gestorben. Wie es davor gewesen war, war angesichts der jetzigen Situation kaum vorstellbar.

Damals war der Vater von Aloisius ein guter Vater gewesen, hatte sich um seinen Sohn gekümmert. Er war zwar strenger als die Mutter gewesen, aber damals hätte er Aloisius niemals geschlagen. Wie sehr der Tod seiner Frau den Vater verändert hatte.

Nie würde Aloisius verstehen, wie der Autofahrer, der Aloisius Mutter im Vollrausch überfahren hatte, sich vor sich selbst rechtfertigte. Während der Gerichtsverhandlung hatte der Mann keine Reue gezeigt. Wie konnte dieser Mensch so leben, als wäre nichts passiert? Er hatte ein Leben viel zu früh beendet und zwei weitere zerstört.

Doch auch wie der Vater jeden Morgen in den Spiegel sehen konnte, war Aloisius ein Rätsel. Sicher hatte auch er viele schlimme Dinge erlebt, doch das rechtfertigte keinesfalls die Schläge. Manchmal fragte Aloisius sich, was geschehen würde, wenn er seinen Vater umbringen würde. Er hatte Angst vor diesen Gedanken, doch je länger Aloisius unter seinem Vater leiden musste, desto öfter kamen sie. Und manchmal hatte Aloisius das Gefühl, diese Gedanken seien seine einzige Rettung.

18

In dieser Nacht hatte Lisa keinen Schlaf gefunden. Sie hatte nur geweint. Dementsprechend fertig musste sie aussehen, als sie bei der Arbeit ankam. Natürlich sprach Michael sie direkt darauf an: „Lisa, was ist los. Du siehst aus, als hättest du die ganze Nacht geweint." „Habe ich auch. Ich habe mich mit Tom gestritten. Er hat bei einem alten Schulfreund geschlafen." Michael nahm sie tröstend in den Arm. „Das wird wieder. Glaub mir, der Verlässt dich nicht. Ich habe einige blaue Flecken als Beweis." „Und was, wenn doch? Ich bekomme in nicht einmal einem halben Jahr Kinder. Ich möchte nicht als alleinerziehende Mutter enden." Michael beruhigte sie: „Das wird nicht passieren. Er liebt dich. Er braucht einfach nur etwas Zeit. Du musst in dieser Situation nicht arbeiten. Du brauchst Ruhe. Fahr nachhause und entspanne dich ein bisschen." „Ich kann mich zuhause nicht entspannen. Dort merke ich das alles doch erstrecht. Überall diese Erinnerungen, und ich habe kein Ahnung, ob er wiederkommt." Erneut weinte sie. Schon seit Stunden ging Lisa davon aus, keine Tränen mehr übrigzuhaben, aber jedes Mal, wenn sie an den gestrigen Tag dachte, wurde sie vom Gegenteil überzeugt. Weinend und zitternd wurde sie von Michael umarmt.

Ihr Handy klingelte. Als sie sah, wer sie anrief, machte ihr Herz einen freudigen Sprung. Sofort nahm sie den Anruf an: „Hallo Schatz. Ich habe gestern überreagiert. Nicht nur ich und Michael sollten uns aussprechen, sondern auch wir zwei. In der Klinik wurde ich heute als nicht arbeitsfähig eingestuft und bin auf dem Weg nachhause. Kommst du auch?" „Natürlich komme ich. Ich bin so froh, dass du angerufen hast. Ich bin gleich da."

Lisa stand überglücklich vor ihrer Haustür. Kaum öffnete sie diese, sah sie Tom. Sie fiel in seine Arme. Dort wurde ihr bewusst, dass sie noch immer Tränen übrighatte. Doch diesmal waren es Freudentränen. Sie würde keine alleinerziehende Mutter werden. Trotz des letzten Streits würden sie sich wieder vertragen und eine glückliche Familie werden, wie Lisa es seit Jahren gehofft hatte.

Tom strich Lisa liebevoll über das Haar. So fühlte sie sich sicher. Ihr Mann liebte sie. Würde er ihr verzeihen, dass sie daran gezweifelt hatte? Sie drückte ihn an sich und er erwiderte dies. Doch die Angst blieb. Lisa drückte Tom noch fester. „Lisa, ich verstehe, dass du mich vermisst hast, aber wenn du mich noch fester drückst, brichst du mir die Rippen." „Es tut mir leid. Ich wollte dir nicht weh tun." Schon wieder machte sie etwas falsch. Sie lockerte ihren Griff. „Ich bin dir nicht böse. Mach dir keine Sorgen." Tom berührte ihren Rücken. Sie zuckte zusammen, denn seine zärtliche Berührung war an genau der Stelle, an der sie vor wenigen Tagen einen Schlag einstecken musste. Von ihm. „Was hast du am Rücken?" Lisas Mann klang besorgt. „Als ich die Schlägerei zwischen dir und Michael geschlichtet habe, hast du mich mit einem Schlag am Rücken erwischt." „Ich wollte dir nicht weh tun. Es tut mir leid. Darf… darf ich mir die Verletzung ansehen? Ich… wüsste gerne, was ich dir angetan habe." Er wirkte eingeschüchtert, fast als erwarte er, sie würde ihn bestrafen. Doch das tat sie nicht.

Sie sagte ihn, dass sie ihm nicht böse war. Erst dann zeigte sie ihm den blauen Fleck. „Es tut mir leid." „Es ist kein Problem. Du weißt ja, ich halte viel aus. Bitte mach dir keine Vorwürfe."

Er klang verzweifelt, als er sagte: „Ich verspreche dir vor Jahren, dich zu beschützen. Und jetzt mache ich dir nur Probleme. Ich bin kein guter Mann. Ich schade dir. Wieso tust du dir mich an?" „Du bist ein wundervoller Mann. Und du wirst ein wundervoller Vater sein. Damals, als du es mir versprochen hast, war es nötig, mich zu beschützen. Jetzt kann ich mich wehren. Deswegen habe ich nicht mehr an dieses Versprechen gedacht. Bitte verzeih mir, dass ich dich beschuldigt habe, mich zu betrügen!" Tom wirkte, als hätte er diesen Vorwurf schon wieder vergessen. „Das ist kein Problem. Ich habe überreagiert und ich kann verstehen, dass du diesen Schluss gezogen hast."

Am nächsten Morgen fand der zweite Versuch einer Aussprache zwischen Michael und Tom statt. Dieses Mal hatte Lisa mehr

Hoffnung, dass es funktionieren würde. Ihr Mann hatte sich beruhigt. Lisa wäre froh, wenn die beiden sich endlich vertragen würden. Und tatsächlich vertrugen sie sich. Als Michael am Ende des Gesprächs fragte: „Trainierst du. Falls ja, hast du vergessen, deine Frau darüber zu informieren.", lachten sie beide. Diesmal hatte die Aussprache funktioniert. Lisa musste keine Angst vor einem erneuten Streit haben. So wurde es um einiges angenehmer für sie.

Endlich konnte sie sich wieder auf ihre Arbeit konzentrieren. Und das war zwingend notwendig, denn es würden regelmäßig neue Morde stattfinden, bis der Täter gefasst werden würde. Und darum war es wichtig, dass Lisa keine Angst haben musste. Nur voll konzentriert konnte Lisa den Täter finden. Ihre Ängste forderten im ganzen Bezirk Menschenleben und mit so großer Verantwortung musste sie sich konzentrieren können. Diese Verantwortung stellte für Lisa eine große Belastung dar. Nur deswegen kam es überhaupt so oft zum Streit. Sie war emotional angespannt, Und das führte zu regelmäßigem Streit.

Diesmal war Lisa komplett entspannt, als sie in ihr Büro ging. Sofort stach es ihr ins Auge. Die ganze Zeit hatte es sich direkt vor ihrer Nase befunden. Wie hatte sie das nur die ganze Zeit übersehen können.

Rückblende 18

Aloisius lag weinend in der Küche. Sein Vater hatte ihn verprügelt, weil er zu langsam gearbeitet hatte. Dann hatte der Vater ihn heulend und mit einer Kopfplatzwunde am Boden liegen gelassen. Ihm wurde schlecht, dann wurde ihm schwarz vor Augen.

Als Aloisius wieder aufwachte, bemerkte er als erstes, dass er sich im Krankenhaus befand. Eine Ärztin in einem überraschend buntem Ärztekittel erklärte ihm: „Dein Vater hat dich nach deinem Treppensturz in die Notaufnahme gebracht. Wieso bist du denn überhaupt gestürzt?" Aloisius war noch immer schwindelig. Er war es gewohnt, jemanden bezüglich seiner Verletzungen anzulügen, doch in diesem Zustand viel ihm das schwerer als sonst. Aber irgendwie schaffte er es ein: „Ich bin gestolpert." zu murmeln. Die Ärztin erläuterte ihm: „Du hast eine Gehirnerschütterung und zwei gebrochene Rippen davongetragen. Voraussichtlich wirst du ein bis zwei Wochen hier verbringen müssen." Aloisius ließ sich nicht anmerken, wie sehr er sich freute. Nach vielen Jahren täglicher Schmerzen hatte er endlich eine Pause.

Ein paar Tage bevor er nach Hause kam, bemerkte er, dass seine blauen Flecken fast komplett verschwunden waren. Zum ersten Mal seit Jahren hatte Aloisius keinen blauen Fleck. Sein Vater besuchte ihn nie und er war froh darüber. In der Nacht, bevor Aloisius wieder nach Hause musste, wurde ihm eines klar. Er musste sich wehren und wenn notwendig, musste er seinen Vater töten.

19

„Michael, ich habe etwas gefunden. Es ist aber wieder sehr ausgefallen. Kommst du in mein Büro? Da kann ich es dir besser erklären." Immer noch fragte Lisa sich, wieso es ihr nicht schon zu Beginn der Ermittlungen aufgefallen war. Spätestens bei dem Haar hätte sie es merken können. Doch egal, denn nun wusste sie es. Lisa nahm ihre Schere und den schwarzen Wollfaden. Sie stellte sich vor die Pinnwand.

Dort erklärte sie Michael: „Meine Oma hatte, als meine Mama sieben Jahre alt war, eine elfmonatige Beziehungspause. Angeblich hat sie da bei ihrer besten Freundin gewohnt. Ich habe aber die Vermutung, dass sie eine Affäre hatte. Aus dieser Affäre ist, laut meiner Theorie, ein Sohn entstanden. Dann hat diese Affäre allerdings aufgehört und der Sohn ist bei der gewalttätigen Affäre der Oma aufgewachsen und begeht jetzt einen Serienmord. Und weil mein Halb-Onkel das Aussehen meiner Oma geerbt hat, passt die Täterbeschreibung auch auf ihn." Sie verband das Haar mit der Beziehungskriese.

Michael fragte: „Wie willst du diese Theorie überprüfen?" „Wir müssen zu Josephine, Das ist die Freundin, bei der meine Oma damals angeblich gewohnt hat."

Lisa hörte auf der Arbeit früher auf. Ihre Theorie überprüfte sie nicht mehr. Ihr Mann hatte heute frei. Er fragte: „Wie wars?" Lisa antwortete: „Ich habe endlich eine Theorie, die Sinn ergibt. Ich wollte eigentlich mehr für dich da sein, und ab morgen, vielleicht auch erst übermorgen kann ich das auch. Bald ist der Fall gelöst." „Hoffentlich. Ob unsere Töchter auch mal Serienmörder jagen werden? Immerhin machen sie das jetzt schon." Lisa lachte: „Das werden sie ganz bestimmt nicht machen. Ihnen ist jetzt wahrscheinlich schon der Spaß daran vergangen. Zu Stressig. Ich bin froh, wenn ich es bald hinter mir habe." „Dann können wir ja froh sein, dass du den Fall anscheinend gelöst hast."

Diese Nacht hatte Lisa keinen Albtraum. Doch es gab in diesem Traum einen unheimlichen Moment, in dem Lisa sich vor ihrer Oma verstecken musste. Dabei sah Lisa ihre Oma mit Michael knutschen. Das war wohl noch eine Folge der vielen seelischen Wunden. Doch Lisa konnte in ihrem Traum rechtzeitig verschwinden, ohne gesehen zu werden. In diesem Traum war Lisa ohne körperlichen oder seelischen Schmerz davongekommen.

Am nächsten Morgen fand eine „Gürtelmörder"-Konferenz statt. Dabei erfuhr Lisa, dass ein weiterer Mann als vermisst gemeldet worden war. Er hieß Gerhard Richter. Seine Lebensgefährtin hatte sich Sorgen gemacht, als er nicht von der Arbeit nachhause gekommen war.

Nach der Konferenz fragte Michael Lisa in ihrem Büro: „Wo wohnt diese Josephine, bei der deine Oma angeblich gewohnt hat? Ich fahre dich hin." Lisa antwortete: „Sie wohnt in einem Altersheim in Graz. Ich weiß nicht, wie es heißt. Ich war auch nur einmal da, sie und ich, wir kommen nicht miteinander aus. Wir fahren am besten einfach zur alten Wohnung meiner Oma und gehen zu Fuß." Lisa nahm ihre Handtasche und ging mit Michael zum Auto. Auf der Fahrt sagte keiner etwas, bis Michael fragte: „Wieso bist du so still? Hast du noch Angst vor mir?"

Lisa atmete tief durch. Sie musste Michael erzählen, was die letzten Tage in ihr ausgelöst hatten. „Als du mit mir geschimpft hast, hast du mich an meine Oma erinnert. Ich hatte Albträume von meiner Kindheit. Und wenn ich dich jetzt anschaue, fühle ich mich wie dieses wehrlose Kindergartenkind, dass seine Oma anschaut." Michael fragte: „Kann ich etwas tun, damit es dir besser geht." „Es wird mit der Zeit vorbeigehen. Ich … ich vertraue dir aktuell ehrlich gesagt nicht ganz."

Michael hatte eindeutig ein schlechtes Gewissen: „Wenn du willst, darfst du mich beleidigen und schlagen. Ich habe dir so wehgetan. Diesen Schmerz darfst du mir zurückgeben, wie du willst. So spüre ich deine Schmerzen." Lisa wollte ihm nicht weh tun. Die Autofahrt war vorbei. Michael sah Lisa an. „Jetzt darfst du mich verletzen. Wenn du willst, darfst du mir weh tun." Er schloss die Augen. Wahrscheinlich wollte er so verhindern, dass er reflexartig auswich, wenn sie die Hand gegen ihn erheben sollte. Sie würde ihm nicht weh tun. Ganz sachte klopfte ihm auf die Wange. Michael wirkte, als würde er ein Wunder erleben. Lisa wusste, wieso. Er hatte Schmerz erwartet, weil er Lisas Schmerz gesehen hatte. Wahrscheinlich wäre Wut eine normale Reaktion gewesen. Doch Lisa hatte nur Schmerz gespürt, als sie ein Kind gewesen war. Dieser Konflikt reichte nicht, um sie wütend zu machen. „Und jetzt komm. Wir haben wichtigeres zu tun."

In dem Altersheim konnte Lisa sich von Josephine anhören, wie gemein es war, dass Lisa sie fast nie besuchte. Dabei rechnete sie ihr nicht als mildernden Umstand an, dass Josephine sich nie auch nur annähernd gegen die Erziehungsmethoden der Großmutter ausgesprochen hatte. Nicht nur einmal war Josephine in der Wohnung von Lisas Oma, manchmal sogar im selben Raum gewesen, wenn die Großmutter Lisa wieder einmal grün und blau geschlagen hatte. Und nicht nur einmal war Lisa vor den Augen dieser Frau geprügelt worden, bis sie geweint, geschrien und geblutet hatte. Josephine hatte sich nie eingemischt. Es war ja nicht ihre Enkeltochter gewesen. Doch jetzt sollte Lisa immer lieb zu ihr sein und sie am liebsten täglich besuchen.

Als Lisa zu Wort kam, erklärte sie, dass es um einen Serienmord ging, was eine weitere Moralpredigt der betagten Frau auslöste. Das sei ja klar gewesen, dass man ja nur kommen würde, wenn es einen lebenswichtigen Anlass gab. Und so weiter und so fort. Nachdem Josephine sich beruhigt hatte, war schon in fast einer halben Stunde Dienstschluss. Aber Überstunden waren für Lisa kein Problem.

Endlich konnte die Befragung beginnen: „Ich weiß, diese Frage kommt überraschend für dich, aber hat meine Oma während der Beziehungskrise wirklich bei dir gewohnt?" Josephine stutzte kurz, dann antwortete sie: „Nein. Sie hatte eine Affäre, von der dein Opa nichts wissen sollte. Die ging schon länger, fing etwa ein Jahr früher an, aber damals konnte sie sich tatsächlich vorstellen, mit ihm zusammenzuleben." Lisa fragte: „Hat meine Oma ein Kind von dieser Affäre

bekommen?" „Ja. Ich weiß nicht, was aus diesem Sohn geworden ist. Sie hat sich schon bald nach dessen Geburt wieder mit deinem Opa vertragen und den Kontakt zu der Affäre abgebrochen. Aber das Kind hieß Bernd Müller, soviel weiß ich. Deine Oma hat später nie darüber geredet. Manchmal konnte sie sehr hartherzig und gemein sein." Lisa ahnte, dass es nicht nur um den Sohn ging.
Dann folgte ein Geständnis, mit dem Lisa nicht gerechnet hatte: „Ich fand immer falsch, was deine Oma dir angetan hat. Aber ich dachte, wenn ich etwas sage, ist das das Ende der Freundschaft. Ich wäre ganz allein dagestanden. Darum habe ich dein Leid in Kauf genommen. Und jetzt bin ich komplett alleine und das habe ich nah dieser fürchterlichen Tat verdient." Lisa bekam ein wenig Mitleid mit der Rentnerin. Sie hatte ihren Mann und alle ihre Freunde überlebt. Jetzt hatte sie niemanden mehr. Vermutlich hatte sie mit Lisa geschimpft, weil sie einsam war. Und zu der Einsamkeit kamen auch Schuldgefühle. Lisa beruhigte die Frau: „Vielleicht besuche ich dich in nächster Zeit öfter. Dann wärst du schon bald für zwei kleine Mädchen die Ersatz- Uroma"

Josephine fragte: „Du bist schwanger? Und dann gleich zwei Mädchen. Da hätte ich ja viel Gesellschaft. Du bist mir gar nicht böse, dass ich die Erziehungsmethoden deiner Oma geduldet habe?" Lisa erläuterte ihr, dass sie Verständnis dafür hatte. Dann verabschiedete sie sich, mit dem Versprechen, bald wiederzukommen.

Als Lisa zurück zu Michael ging, fragte dieser: „Was ist mit deiner Theorie?" Sie erwiderte: „Ich bin auf dem richtigen Weg. Vielleicht finde ich schon morgen den Täter. Meine Oma hatte einen unehelichen Sohn namens Bernd Müller. Und nicht nur beruflich, sondern auch privat, konnte einiges geklärt werden." Lisa erzählte von dem ganzen Gespräch. Von den Problemen am Anfang über den professionellen Verlauf bis zu der Aufgabe als Ersatz-Uroma

Er kommentierte: „Immer schön, ein Stückchen heile Welt zu sehen. Auch wenn es nur ein ganz kleines Stückchen Welt ist. Und vermutlich das einzige heile Stück. Machen wir mit einer Menge Überstunden ein weiteres Stück heil. Immerhin haben wir eine heiße Spur." Lisa wollte im Büro schlafen. Viele schlaflose Nächte in ihrer Kindheit hatten ihr gelehrt, wie sie mit wenig Schlaf auskommen konnte. Sie schief nur vier Stunden, und war so wach, wie andere nach acht Stunden. So blieben ihr 20 Stunden übrig, um den Mörder zu fassen. Essen wurde in dieser Hinsicht überbewertet. Bei einem Vermissten und einem Konkreten Verdacht mussten Hunger und Müdigkeit hintenangestellt werden. Lisa schlief auf der Rückfahrt. Nicht ganz eine Stunde. Das musste reichen.

Rückblende 19

Aloisius kam mit vielen neuen blauen Flecken in die Schule. Erst vor drei Tagen war er aus dem Krankenhaus entlassen worden, und schon musste er wieder leiden. Sabine sprach ihn an: „Ist alles in Ordnung? Du hast ganz schlimme blaue Flecken. Und du schaust aus, als ob du geweint hättest." Er antwortete: „Ich bin auf dem Weg in die Schule gestürzt. Ich bin manchmal etwas weinerlich." Er sah, dass Sabine ihm nicht glaubte.

„Diese Verletzungen sind doch nicht gleich alt. Ich mache mir Sorgen um dich" „Ich bin oft in Gedanken versunken und verletze mich oft, weil ich nicht aufpasse." Sabine machte sich anscheinend noch immer Sorgen. Sie umarmte ihn und erklärte: „Ich merke doch, dass dich etwas belastet. Du musst nicht mit mir reden, wenn du nicht möchtest. Aber du kannst auch immer zu mir kommen, wenn du reden willst." Aloisius konnte sich nicht mehr zurückhalten. Er begann, hemmungslos zu weinen. „Aloisius, was ist los?"

20

Auf der Polizeidienststelle angekommen, suchte Lisa alle Informationen über ihren Halb-Onkel. Die Mutter hatte den Vater kurz nach der Geburt verlassen. Der Vater war gestorben, als ihr Halb-Onkel vier Jahre alt gewesen war, und er war in ein Heim gekommen. Lisa erinnerte sich, dass vor einigen Jahren aufgeklärt worden war, wie schlecht es den Kindern in diesem Heim ergangen war. Er hatte eine Frau gehabt, die vor etwas mehr als zehn Jahren bei einem Autounfall gestorben war. Vor ein paar Wochen war der Mann tödlich von der Treppe gestürzt. Er hinterließ einen 19 Jahre alten Sohn. Lisa fand ein Foto von ihm und seinem Sohn. Der Mann passte ins Opferprofil, sein Sohn könnte der Täter sein. Lisa war sich sicher. Aloisius Müller war der Täter. Und ihr Halb-Cousin.

Lisa ging in Michaels Büro. Sie sagte zu ihm: „Michael, ich habe nicht nur einen Halb-Onkel, sondern auch einen Halb-Cousin. Ernst Müller ist vor einigen Wochen von der Treppe gestürzt und ist verstorben. Er passt

ins Opferprofil. Sein Sohn Aloisius Müller könnte dem Aussehen nach der Täter sein."
„Schon komisch. Du denkst jahrelang, du wärst das einzige noch lebende Mitglied deiner Familie, und dann erfährst du in nicht einmal vier Stunden, dass du einen Cousin hast, der deinen Onkel umgebracht hat und ein Serienmörder ist. Und du überführst ihn. Aufgrund des Treppensturzes von deinem Onkel kann ich den Staatsanwalt vielleicht von einer Hausdurch-suchung überzeugen. Wahrscheinlich erreiche ich ihn heute nicht mehr, es ist fast Mitternacht." Lisa würde die Nacht im Büro verbringen. Sie hatte ihrem Mann bereits vorgewarnt, dass es so sein könnte.

Am nächsten Morgen ging Lisa zu Michael ins Büro. Sie fragte ihn: „Wie schaut es eigentlich mit einer Hausdurchsuchung aus?" „Der Staatsanwalt hat nicht abgehoben. Am besten versuche ich es gleich nochmal." Diesmal hob der Staatsanwalt ab. Doch bevor Michael erklärte, was er wollte, schien der Staatsanwalt bereits zu sprechen. Michael entgegnete: „Was meinen sie damit, ich würde zu den unmöglichsten Zeiten anrufen. Es ist halb sechs. Und gestern war es auch erst kurz vor Mitternacht." Erneut hörte er dem Staatsanwalt zu. „Ich rufe nicht an, um mit ihnen über meine Schlafgewohnheiten zu sprechen, sondern weil ich einen Durchsuchungsbeschluss für das Haus von Aloisius Müller brauche. Sein Vater passte ins Opferprofil und ist vor einigen Wochen bei einem Treppensturz ums Leben gekommen. Die Täterbeschreibung passt auf Aloisius Müller." Wieder hörte Michael zu, was der Staatsanwalt zu sagen hatte. „Eine Mitarbeiterin mit gutem Bauchgefühl hatte einen Verdacht und stieß bei ihren Nachforschungen darauf. Bekommen wir den Durchsuchungsbeschluss oder nicht?"

Anscheinend genügten diese Informationen dem Staatsanwalt. Michael bedankte sich und trennte die Verbindung. Danach begann er, sich über den Staatsanwalt aufzuregen: „Machen Sie doch was sie wollen und lassen mich in Ruhe, Sie bekommen den Beschluss ja schon. Und so jemand soll sich darum kümmern, dass das Grundgesetz eingehalten wird."

Herrn Müllers Haus war blau gestrichen und hatte eine alte, schwere Tür. Auf den ersten Blick war es ein wunderschönes Haus, doch Lisa wusste, dass dem Täter hier schlimme Schmerzen zugefügt worden waren. Dieses Haus war der Ursprung. Hier war der Täter misshandelt worden. Hier hatte er den ersten Mord begangen. Wurde Gerhard Richter hier gefangen gehalten? Sie würden es gleich erfahren. Anfangs versuchte Herr Müller, die Polizei von der Hausdurchsuchung abzuhalten, sah jedoch schnell ein, dass es nichts brachte. Einer der Polizisten nahm ihn fest, was er widerstandslos zuließ. Fragen beantwortete er allerdings nicht. Lisa ging mit Michael ins Haus. Im Wohnzimmer stand ein alter Fernseher und eine mindestens genauso alte, durchgelegene Couch. Hier hingen Fotos von dem Täter an der Wand. Ein Foto für jedes Jahr. Bis zum zehnten Lebensjahr wirkte er wirklich glücklich, danach würde man den Eindruck nicht los, dass er nur für die Fotos lachte. Auf einem Foto hatte er ein blaues Auge.

Im Keller fanden sie Gerhard Richter. Er war gefesselt und geknebelt. Lisa entfernte den Knebel und bevor sie eine Frage stellen konnte, begann er aufgebracht zu erzählen: „Ich war gerade auf dem Weg nachhause, als mich dieser Typ abgefangen und mit einem Messer bedroht hat. Er hat mich gezwungen, in sein Auto zu steigen. Immer wieder hat er mich Vater genannt. Ich habe ihn davor noch nie gesehen."
Lisa beruhigte ihn. „Es ist alles gut. Oben ist ein Rettungswagen." Michael hatte in der Zwischen-zeit die Fesseln des Mannes zerschnitten. Lisa stützte den Mann auf dem Weg die Stiege hinauf, weil seine Füße durch die lange Fesselung eingeschlafen waren.

Nach dem Einsatz sah Lisa dem Verhör durch die Verspiegelte Glasscheibe zu. Aloisius Müller schwieg noch immer. Ihr kam eine Idee. Nach Absprache mit Michael betrat Lisa den Verhörraum und Michael sah durch die Glasscheibe zu.

Sie erklärte Herrn Müller: „Ich habe vor kurzem ein bisschen Ahnenforschung betrieben. Dabei hat sich herausgestellt, dass meine Oma Mechthilde einen Affäre hatte." Beim Namen Mechthilde war er zusammengezuckt. „Aus dieser Affäre ist ein Kind entstanden. Dieses Kind war ihr Vater. Er erwiderte: „Ich habe geglaubt, ich hätte keine Verwandtschaft mehr. Mein Vater ist vor ein paar Wochen gestorben. Er war meine einzige Verwandtschaft. Dachte ich." Lisa stellte eine frage, obwohl sie die Antwort schon kannte: „Was ist mit ihrer Mutter?" „Meine Mutter ist seit zehn Jahren tot. Seitdem ist nichts mehr, wie es einmal war. Früher hat mein Vater sich um mich gekümmert. Seit meine Mutter Tod ist, hat mein Vater mich jeden Tag geschlagen. Außer zwei Wochen vor anderthalb Jahren. Da war ich im Krankenhaus. Da wurde mir bewusst, dass ich meinen Vater töten muss. Das habe ich auch getan." Ein Geständnis hatte er abgelegt. Jetzt musste sie ihm beibringen, dass nur einer dieser Männer wirklich sein Vater gewesen war. Auch hierfür hatte sie eine Idee. Aber dafür musste sie noch eine Kleinigkeit regeln.

Rückblende 20

Schon den ganzen Tag war Aloisius schlecht. Er war krank. Zuhause hatte er heimlich Fieber gemessen. Beinahe 39 Grad hatte er, doch er wollte trotzdem in die Schule, denn Krankheiten stimmten seinen Vater nicht gnädig. Aloisius musste krank genau so viel leisten, wie im gesunden Zustand. Sogar wenn er gesund war, schaffte er die viele Arbeit kaum. Da war ihm die Schule lieber.

Dort fragte Sabine ihn: „Geht es dir gut? Du bist so blass. Bist du krank?" „Nein. Alles ist in Ordnung. Ich habe nur schlecht geschlafen." Wieder einmal wünschte er sich, einfach alles aussprechen zu können, was bei ihm zuhause geschah. Einmal war er kurz davor gewesen. Vor einer Woche. Sabine hatte ihn auf seine blauen Flecken angesprochen. Er hatte angefangen zu weinen und sie hatte ihn umarmt. Doch er hatte es ihr nicht gesagt. Stattdessen hatte er behauptet, er wolle nicht darüber sprechen. Diese Situation hatten die beiden auf sich beruhen lassen. Dennoch schwebte eine Menge unausgesprochenes zwischen ihnen.

Aloisius konnte nur hoffen, dass die Sympathie, die Sabine für ihn empfand, stärker war. Vielleicht war es sogar Liebe.

21

Lisa kam in den Vernehmungsraum zurück. Jetzt hatte sie, was sie brauchte. Sie zeigte Aloisius Müller ein Foto von Elias. Hoffentlich sorgte dieses Foto dafür, dass er aufmerksamer war. Sie erklärte ihm: „Dieser Bub heißt Elias. Set er vor zwei Jahren vom Klettergerüst gestürzt ist, ist er querschnittsgelähmt. Anfangs hat keiner geglaubt, dass er jemals wieder gehen können wird. Nur sein Babysitter hat an ihn geglaubt. In langsamem Tempo kann er jetzt schon ein paar Meter weit gehen, ohne sich festzuhalten. Sein Babysitter heißt Hubert Huber und kommt aus Kuba. Er sieht ihrem Vater ähnlich. Eigentlich muss ich aber in der Vergangenheitsform sprechen, denn er wurde ermordet. Wie auch ein Schulfreund meines Mannes. Er hieß Nicklas Bauer. Auch er hat eine Optische Ähnlichkeit mit ihrem Vater. Kann es sein, dass Sie das waren? Kann es sein, dass Sie in jedem Mann mit drahtiger Figur, kurzen braunen Haaren und Bierbauch den Mann sehen, der ihnen jahrelang Schmerzen zugefügt hat, dass Sie ihn deswegen beobachten, entführen, prügeln und nach ein paar Tagen erwürgen?" Der junge Mann sah sie an: „Sie meinen… das war gar nicht mein Vater?" Sie sah ihm den Schock an, doch es war nötig gewesen, ihm das klarzumachen. „Ich habe nie mit jemandem darüber geredet. Ich glaube, es ist das beste, wenn ich in Therapie gehe." Nur wenige Menschen waren so einsichtig. Ein erster Schritt in die richtige Richtung. Und sie war überzeugt, dass weitere folgen würden.

Außerhalb des Vernehmungszimmers kam Michael auf Lisa zu. Du hast ihn dazu gebracht, zu reden. Und du hast ihn zu einer Therapie bewegt." „Ich glaube, er hat es schon davor gewusst. Er wollte es sich nur nie eingestehen. In seiner Kindheit hat er fürchterliche Erfahrungen gemacht. Ich hoffe, dass er diese verarbeiten kann. Er könnte noch viel erreichen."

Lisa dachte laut nach: „Eigentlich ist meine Oma der Ursprung allen Übels. Hätte sie sich um ihren unehelichen Sohn gekümmert, hätte er vielleicht niemals zugeschlagen und Aloisius hätte keinen Serienmord begangen.

Vielleicht. Und wenn sie nicht fremdgegangen wäre, hätte es diesen Serienkiller niemals geben können. Aber dann hätte ich auch keine Verwandten mehr."

Sie rief ihren Mann an, der wenig später auch der Polizeidienststelle erschien. Er konnte kaum glauben, dass Lisa es geschafft hatte, den Mörder seines Schulfreundes zu einer Therapie zu bewegen. Tom teilte Lisa mit: „Irgendwie habe ich Mitleid mit diesem jungen Mann. Er hatte nie eine Chance. Es konnte nicht wirklich anders ablaufen." „Jetzt bekommt er die Möglichkeit, sein Leben in den Griff zu bekommen.

Nun konnte Lisa sich wieder voll und ganz ihren Kindern widmen. Sie würde mit den zwei kleinen sowieso mehr als genug zu tun haben. Zwei Babys waren sicherlich schön, aber auch eine große Verantwortung und oft anstrengend. Früher hatte Lisa als Nebenjob auf die Nachbarskinder aufgepasst. Sie hatte Kinder schon immer gemocht. Auch wenn sie mitunter sehr anstrengend sein konnten.

Rückblende 21

Aloisius lag wach in seinem Bett. Vor einem Jahr hatte er einige Zeit im Krankenhaus verbringen müssen. Während dieser Pause von den täglichen Schmerzen, war ihm klar geworden, dass er seinen Vater töten musste, um leben zu können.

Wenn irgendjemand den Tod verdient hatte, dass dieser hässlich Mann mit dem drahtigen Körperbau, dem gigantischen Bierbauch und den fettigen Haaren. Danach würde seine Familie nur noch aus ihm bestehen.

Genau heute war der zehnte Todestag seiner Mutter, was auch das traurige zehnte Jahrestag seiner fürchterlichen Qualen war. In zwei Monaten fand seine Matura statt, die er nicht machen wollte. Er hätte lieber das Polytechnikum gemacht und anschließend eine Tischlerlehre. In wenigen Woche wäre er dann zur Lehrabschlussprüfung angetreten und nicht zur Matura. Aufgrund seiner vielen Aufgaben im Haushalt hatte er keine Zeit, dafür zu lernen und er wollte es auch nicht.

Stattdessen überlegte er sich mehrere Möglichkeiten, seinen Vater zu töten.

Am liebsten würde er seinen Vater mit dessen eigenen Gürtel totprügeln. So hätte dieser eine einmalige Kostprobe von den Schmerzen, die Aloisius jahrelang ertragen hatte. Sein Vater würde dadurch ebenso gedemütigt werden, wie Aloisius täglich gedemütigt wurde. Der Vater sollte die Folter erleben, die er seinem Sohn zugefügt hatte. Doch Aloisius hatte viel zu viel Angst vor dem brutalen Säufer, um diesen Wunsch in die Tat umzusetzen.

Die bessere Idee war es, dass er seinen Vater über die Kellerstiege stoßen würde. Dies war zwar keine gerechte Strafe, aber etwas anderes würde er sich nicht trauen. Aber es bestanden gute Chancen, dass dies tödlich enden würde und damit lief es auf ein neues, eigenes Leben für Aloisius hinaus.

22

Sabine stand an diesem morgen früh auf. Sie war schon immer eine Frühaufsteherin gewesen. Außer, wenn sie am Vortag gefeiert hatte, was nicht so oft vorkam. Vielleicht an einem Geburtstag. Sie frühstückte entspannt und las die Zeitung.

Dort las sie eine erfreuliche Nachricht. Der Serienmörder, der in den letzten Wochen im Bezirk Voitsberg sein Unwesen getrieben hatte, war gefasst worden. Noch am selben Abend hatte man ihn schuldig gesprochen und ihn in eine Anstalt für geistig abnorme Rechtsbrecher eingewiesen. Der Name des Täters schockierte sie.

Aloisius M. War ihr ehemaliger Mitschüler der Täter? Sie las eine kurze Zusammenfassung seines Lebenslaufes durch. Die Mutter war gestorben, als der Täter neun Jahre alt gewesen war. Dass traf zu. Er war vom Alleinerziehenden Vater misshandelt worden. Ihr kamen die blauen Flecken, die Aloisius gehabt hatte in den Sinn. Außerdem hatte er oft bedrückt gewirkt. Sie hatte Mitleid mit ihm. In der Zeitung wurde erwähnt, dass er einsichtig war und in Therapie gehen wollte, um das Trauma zu verarbeiten und keine Gefahr mehr darzustellen. Sie wollte ihn besuchen. Natürlich nur, wenn er damit einverstanden war. Sie liebte ihn, trotz seiner Taten. Und sie hatte ein schlechtes Gewissen. Sie hatte nie genauer nachgefragt. Ob er sie sehen wollte.

Sabine fragte in der Anstalt für geistig abnorme Rechtsbrecher nach Aloisius Müller. Sie wurde gefragt: „In welchem Verhältnis stehen sie zu ihm?" „Ich bin eine Freundin von ihm" Der Angestellte sagte, sie solle kurz warten und verschwand. Als er zurückkam, erklärte er: „Er würde sie gerne sehen. Ich hole eine Kollegin, die sie durchsucht. Wir müssen sichergehen, dass er keine gefährlichen Gegenstände bekommt."

Als Sabine sein Zimmer betrat, wirkte Aloisius, als würde er sich schämen. Er fragte: „Wieso bist du hier?" „Ich habe in der Zeitung gelesen, dass du hier bist. Ich wollte dich besuchen." Aloisius sah sie an. „Du

weißt doch bestimmt, wieso ich hier bin."
„Ja, ich weiß es, was dich hierhergebracht hat. Mich beschäftigt eine Frage ganz besonders. Wieso hast du nie mit mir über deinen Vater geredet?" Die Antwort schockierte Sabine. „Mein Vater hat gesagt, dass er, wenn ich jemandem davon erzähle, bringt er mich und denjenigen, dem ich davon erzählt habe, um. Ich wollte dich nicht in Gefahr bringen. Ich… ich liebe dich." Sabine konnte kaum glauben, was er ihr da erzählte. Sie war davon ausgegangen, dass die Liebe nur von ihr ausging. Anstelle einer Antwort küsste sie ihn. Danach hauchte sie ihm ins Ohr: „Egal, wie lange es dauert, ich unterstütze dich, damit du diese furchtbaren Ereignisse verarbeiten kannst. Du kannst mir von allem Erzählen, was passiert ist. Es ist wichtig, dass du darüber redest."

Also begann Aloisius zu erzählen: „An dem Abend, an dem die Nachricht kam, dass meine Mutter gestorben ist, hat mein Vater sich nicht um mich gekümmert. Er hat sich betrunken, obwohl er ein schon einmal Alkoholabhängig war und keinen Alkohol trinken durfte. Als ich vor Trauer nicht einschlafen konnte und zu ihm gegangen bin, hat er geschrien, dass ich ihn in Ruhe lassen soll und als ich nicht sofort gegangen bin, hat er mir eine Ohrfeige gegeben, die mich zu Boden geworfen hat. In diesem Moment hat meine Kindheit aufgehört, in nicht einmal einer Sekunde wurde ich erwachsen. Der erste Schlag, der zehn Jahre der Gewalt begann. Weißt du noch, wie wir das erste Mal zusammen Eisessen waren? Als ich nach Hause gekommen bin, hat mein Vater meine Arme gepackt und zugedrückt, weil ich ihm nicht gesagt habe, wo ich war. Dafür wurde ich geprügelt, bis ich mich kaum mehr bewegen konnte. Und als ich die Matura nicht geschafft habe, hat er mich bewusstlos geschlagen. Sobald ich wieder dazu in der Lage war, habe ich ihn von der Stiege gestoßen. Aber das sind nur wenige Beispiele aus zehn Jahren täglicher Folter." Er hatte angefangen zu weinen. Sabine drückte ihn ganz fest an sich. Es für sie kaum vorstellbar, wie sich diese Erlebnisse auf ein gerade einmal neun Jahre altes Kind auswirken mussten, was ihr Mitschüler ertragen hatte. Wie konnte ein Mensch solche Taten begehen? Wie konnte ein Mensch ein kleines Kind brutal verprügeln?

Sabine wusste, dass es lange dauern würde, bis Aloisius alles verarbeiten würde. Ganz konnte man so etwas wahrscheinlich nicht verarbeiten. Egal, wie lange er in Therapie bleiben würde, er würde den Rest seines Lebens damit zu kämpfen haben. Vermutlich würde er für den Rest seines Lebens in manchen Nächten aus schlimmen Albträumen aufwachen.

Die Tür öffnete sich und eine Frau betrat den Raum. Aloisius begrüßte sie: „Hallo Frau Schmid." Die Frau antwortete: „Ich finde, wir können zum Du übergehen. Immerhin sind wir verwandt. Du kannst Lisa zu mir sagen." Das interessierte Sabine. „Wie sind sie den mit ihm verwandt?" „Das ist eine sehr lange Geschichte, was wir miteinander zu tun haben Und ich wüsste auch gerne, wie sie mit ihm zu tun haben."

Sabine entgegnete: „Bei mir ist das ziemlich einfach. Ich war mit ihm in einer Klasse und bin seit Jahren in ihn verliebt. Und als ich erfahren habe, dass er hier ist, habe ich ihn besucht und erfahren, dass dieses Gefühl auf Gegenseitigkeit beruht. Ich habe Zeit für eine lange Geschichte." „Meine Oma hatte eine elfmonatige Beziehungskriese mit meinem Opa, als meine Mama sieben Jahre alt war. In dieser Zeit hat sie bei ihrer Affäre gewohnt und ein Kind von ihr bekommen. Nachdem sie sich wieder mit Meinem Opa vertragen hat, hat sie jeden Kontakt mit der Affäre und dem Kind abgebrochen. Dieses Kind war Aloisius Vater. Meine Oma hat nie jemandem davon erzählt. Ich habe von Aloisius erfahren, weil ich als Profilerin für den Serienmord beauftragt wurde." Noch immer war es für Sabine schwer zu begreifen, dass Aloisius einen Serienmord begangen hatte. Lisa sagte dies, als wäre es normal.

„Mich ließ das Gefühl nicht los, dass meine Oma etwas mit dem Fall zu tun hatte, obwohl sie seit Jahren tot ist. Ich habe Ahnenforschung betrieben. So habe ich herausgefunden, dass Aloisius mein Halb-Cousin ist."

Aloisius sagte: „Ich habe gedacht, ich wäre das einzige Familienmitglied, seit ich meinen Vater getötet habe. Und jetzt habe ich eine Halb- Cousine." „Bald hast du noch mehr Verwandtschaft." Sabine erfuhr, dass Lisa verheiratet war und gleich zwei Mädchen erwartete. Einen kleinen Bauch sah man schon. Andererseits wusste Sabine nicht, was für eine Figur die Frau sonst hatte. Leider musste Lisa bald wieder nachhause. Sabine hoffte, in einigen Jahren Lisas Schicksal zu teilen, mit Aloisius als Mann.

Als erstes musste sie Aloisius helfen, seine schlimmen Erfahrungen zu verarbeiten und ein neues Leben zu beginnen. Aber gemeinsam würden sie es schaffen, war Sabine überzeugt.

Ein Mann kam in Aloisius Zimmer. Er stellte sich als Aloisius´ Therapeut vor. Er bat Aloisius, mitzukommen. Die erste Therapiesitzung. Ein erster Schritt auf einem langen Weg. Sabine wartete auf ihn und in dieser Zeit träumte sie vor sich hin. Von einem Haus, einem Ehering und von Kindern. Ihre Träume wurden immer genauer. Sie überlegte, wie ihr Brautkleid aussehen sollte. Auf jeden Fall sehr romantisch und mit ganz viel Tüll. Aber auch figurbetont. Der Rock mindestens zwei Meter Durchmesser, aber sonst sollte das Kleid sehr eng sein.

Sobald Aloisius das Zimmer betrat, erklärte Sabine: „Wenn wir eines Tages heiraten, will ich ein Kleid, bei dem der Rock mindestens zwei Meter breit ist, das aber ansonsten eng ist." Er sah sie verwirrt an und fragte: „Hast du die ganze Zeit damit verbracht, zu überlegen, wie irgendwann dein Brautkleid ausschauen soll? Es ist ja schön, dass du mich so liebst, aber erst einmal sollte ich aufhören, jeden hässlichen Mann für meinen Vater zu halten und ihn umzubringen. Das wird noch dauern." Sabine entgegnete: „Egal, wie lange es dauert, ich werde dir helfen, alles zu verarbeiten. Und wen wir beide dann schon hundert Jahre alt sind, wenn es so weit ist, dann heiraten wir eben erst mit hundert. Macht doch auch keinen großen Unterschied. Nur ein figurbetontes Kleid steht mir dann vielleicht nicht mehr, aber dann finde ich bestimmt ein anderes schönes Kleid." „Du kannst nur schöne Kleider tragen, weil du so schön bist, dass es egal ist, was du anziehst. Du schaust immer umwerfend aus." Sabine wurde rot.

Von einer Sekunde auf die andere wirkte Aloisius traurig. Er sagte etwas, das Sabine noch nicht in den Sinn gekommen war: „Wo soll ich denn nach der Therapie mit dir leben? Spätestens beim Namen Aloisius wird doch jeder an den „Gürtelmörder" denken. So viele Menschen mit diesem Namen gibt es nicht. Und den Bezirk Voitsberg werden wir bestimmt verlassen müssen. Man würde mich überall für verrückt erklären. Das wäre ja nicht einmal eine Fehldiagnose. Du hast einen besseren Mann als mich verdient." „Jetzt rede nicht so einen Blödsinn! Du bist nicht verrückt. Du bist der beste Mann auf der ganzen Welt. Du hast all deine Schmerzen alleine durchgestanden, nur um mich zu schützen. Wenn es irgendeine Frau gibt, die der Meinung ist, du wärst nicht gut genug für sie, wird die ihr ganzes Leben keine Beziehung haben. Du bist die Liebe meines Lebend und ich werde dich nicht einfach abservieren, weil du gerade eine schwere Zeit durchmachst."

Aloisius sah sie an, mit einem Blick, an dem man deutlich erkannte, dass er sich große Vorwürfe machte. Seine Stimme zitterte als er zu sprechen begann: „Ich mache mir solche Vorwürfe. Ich habe unschuldige Menschen getötet und sie vor ihrem Tod gequält und sie geprügelt. Ich war wie mein Vater." „Du warst nicht wie dein Vater. Du hast sie geschlagen, aber doch nicht zehn Jahre lang." Aloisius weinte. „Aber ich habe sie trotzdem gequält und ermordet. Was habe ich ihren Verwandten und Freunden angetan? Die werden sich nicht so schnell von diesem Schock erholen. Vom einzigen Überlebenden ganz zu schweigen. Was, wenn ich auch dir etwas antue, warum auch immer?" „Du wirst mir nichts antun. Ich bin blond, habe lange Haare und einen Bierbauch habe ich sicher nicht. Ich trinke nur sehr selten Alkohol. Du bist eindeutig ungefährlich für mich. Und wenn du noch einmal sagst, dass du in irgendeiner Form ein Problem bist, gehe ich und komme erst morgen wieder. Dann kannst du den restlichen Tag auf den Tisch starren. Hör auf, dich selbst so schlechtzureden" Es war zwar hart von ihr, so mit ihm umzugehen, doch es bedurfte einer klaren Ansage, damit er sich nicht mehr selbst fertig machte.

Er antwortete: „Okay, ich höre schon auf. Ich wollte nur, dass du weißt, was ich gemacht habe. Ich wollte es dir nur vor Augen führen." „Ich wusste die ganze Zeit, was du getan hast. Aber es ist nicht in Ordnung, wenn man nur den Täter dafür verantwortlich macht. Auch ich bin schuld, weil ich dich nie dazu gedrängt habe, mir den Grund deiner Verletzungen zu nennen. Jeder unserer Mitschüler. Jeder Lehrer. Jeder deiner Nachbarn. Der Autofahrer, der deine Mutter überfahren hat. Und dein Vater. Jeder von ihnen hat einen ganz geringen Anteil der Schuld. Und ein bisschen davon bleibt bei dir. Aber ab jetzt wird nichts mehr passieren. Wir schaffen das. Zusammen."

Epilog

Sabine erklärte ihrem Mann: „Er wird bald achtzehn. Ich finde, wir sollten es ihm sagen. Es ist an der Zeit, ihm von deiner Vergangenheit zu erzählen. Wir haben ihm schon als er noch ein ganz kleines Kind war, erklärt, dass Psychische Krankheiten nichts mit der Intelligenz und der Persönlichkeit zu tun haben. Er wird es gut verkraften und er hat das Recht, die Vergangenheit seiner Eltern zu kennen." Er antwortete: „Warten wir bis zu seinem Geburtstag in einer Woche. Dann haben wir Zeit, uns zu überlegen, wie wir es sagen."

Sie sah ihren Sohn an, der gerade mit seiner acht Jahre jüngeren Schwester spielte. Wie die Zeit verging! Es kam ihr vor, als habe sie ihn gestern noch in den Kindergarten gefahren. Genau das hatte sie sich auch gedacht, als er ihr seine erste Freundin vorgestellt hatte. Vier Jahre war das nun schon her. Sie musste sich eingestehen, aus ihrem kleinem Paul war ein junger Mann geworden. In zehn Jahren würde auch ihre kleine Luisa erwachsen werden und Sabine würde dasselbe noch einmal durchmachen. Es fiel ich schwer, zuzusehen, wie ihre Kinder erwachsen wurden. Doch sie mussten auf eigenen Beinen stehen. Sicher war bei Luisa noch Zeit und ihr Sohn würde immer zu ihr kommen können, wenn er wollte. Aber trotzdem machte es sie ein bisschen traurig, zu sehen, wie ihre Kinder groß wurden, und nach und nach ohne sie auskamen. Doch sie war nicht nur traurig. Am meisten war sie stolz auf ihre Kinder.

Sie war dankbar, dass Paul oft auf Luisa aufpasste. Sowohl Sabine als auch ihr Mann Aloisius arbeiteten beim Jugendamt. Leider herrschte dort ein chronischer Personalmangel. Beim letzten Fall hatte Aloisius wieder einmal bewiesen, dass er seine eigene Kindheit gut verarbeitet hatte. Er hatte bei dem letzten Fall komplett neutral gehandelt. Ein Bub, der genau dasselbe hatte erleben müssen, wie Aloisius, war nach drei Jahren der Gewalt in eine liebevolle Pflegefamilie gebracht worden. Diese half ihm, das Trauma zu verarbeiten. Es war schlimm, zu sehen, wie viele Kinder litten. Wie viele geschlagen, eingesperrt und beleidigt wurden. Für wie viele ständige Demütigungen und dauernde, grundlose Kritik zum Alltag gehörten. Jeder Fall, den die beiden bekamen war einer zu viel. Und der Grund, wieso sie weitermachten. Ganz langsam besserte es sich. Nur sie wenigsten Menschen glaubten noch Ausreden wie: „Ich bin gegen eine Tür gelaufen." Das wichtigste aber war, dass die Gesellschaftliche Toleranz gegenüber Gewalt abnahm. Die „gesunde Watschen" galt gesellschaftlich nicht mehr. In ihrer Kindheit war das anders gewesen. Damals war es Freunden und Verwandten gegenüber eine Rechtfertigung.

Doch immer noch wurde nicht genug getan. Aloisius Halb- Cousine war nicht nur als Autorin beschäftigt. Sie war seit gut drei Jahren mit dem Rechtsmediziner per du.

Eigentlich war die ganze Familie, mit Ausnahme der Kinder von Sabine und Aloisius natürlich, ein Serienmörderbekämpfungstrupp. Sabine und Aloisius halfen bei ihrer Arbeit Kindern und verhinderten so mögliche Serienmorde. Lisa kümmerte sich um das, was sie nicht

geschafft hatten und deren Mann behandelte eventuelle Verletzte. Und bald behandelte Lisas Tochter Marie die Täter, denn sie wollte Psychotherapeutin werden.
Und Maria, Lisas andere Tochter, war doch tatsächlich Polizistin geworden. Sie alle taten etwas gegen Serienmörder. Obwohl eines der Mitglieder früher ein Täter gewesen war.

Luisa kam zu Sabine und fragte: „Wann gibt es endlich Mittagessen? Ich habe Hunger!"
Aloisius stand auf. Er konnte wesentlich besser kochen als Sabine. Einmal hatte Sabine eine ganze Woche für die Kinder kochen müssen, weil Aloisius keine Zeit gehabt hatte. Die Kinder hatten ihn angefleht, sich die Zeit zum Kochen zu nehmen. Nein, kochen gehörte wahrlich nicht zu ihren Stärken.

Dafür konnte sie singen. Bei jeder Geburtstags-feier musste sie mindestens einmal das Lieblingslied des Geburtstagskindes singen. Während der Therapie hatte sie oft für Aloisius gesungen. Das hatte ihm die Kraft gegeben, die er gebraucht hatte, um die fürchterlichen Umstände in seiner Kindheit zu verarbeiten. Fast fünf Jahre hatte es gedauert, was vergleichsweise wenig war.

Mit sechsundzwanzig Jahren hatten sie geheiratet, mit siebenundzwanzig Jahren ihren Sohn bekommen. Jetzt waren sie fünfundvierzig Jahre alt und das erste Kind war volljährig. Er plante, während seinem Studium bei seiner Freundin in Graz zu leben. Wenn Luisa ihrem Bruder nach war, würde Sabine sie mit dreiundfünfzig Jahren gehen lassen müssen. Dann hatte sie bis zum ersten Freund der Tochter noch vier Jahre Zeit. Und vier weitere Jahre, bis sie darüber nachdenken würde, auszuziehen. Und was dann? Womit würde sie ihre Zeit dann verbringen? Sie könnte einen Kochkurs machen. Oder in Vollzeit arbeiten.

Bisher war sie nur teilzeitangestellt. Früher hatte sie sogar ein paar Jahre nur geringfügig gearbeitet. Bis ihr Sohn auf Luisa aufpassen hatte können, hatte sie keine andere Wahl gehabt. Ihr Mann hätte ihr gerne geholfen, aber Aloisius hatte den Kollegen erst beweisen müssen, dass er ein guter Mitarbeiter war. Kaum jemand hatte ihm anfangs vertraut, was in Anbetracht seiner Vergangenheit alles andere als überraschend war. Erst nach einiger Zeit, in der er extrem hart gearbeitet hatte, hatte er sich das Vertrauen seiner Kollegen verdient und wurde auf der Arbeit sehr geschätzt. Denn seine Vergangenheit hatte ihm nicht nur geschadet. Genau deswegen setzte er sich von ganzem Herzen für seine Arbeit ein.

Auch in der Nachbarschaft war er beliebt. Die meisten Nachbarn hatten Aloisius nach einem längeren Gespräch akzeptiert. Nur eine ältere Frau, die lange nebenan gewohnt hatte, war immer der Meinung gewesen, wenn er einmal einen Serienmord begangen hatte, würde er es wieder tun. Sie hatte Aloisius und Sabine regelmäßig beschimpft und bedroht. Kurz nach Pauls Geburt hatte sie Sabine auf der Straße vor ihrem Haus beschimpft und mit dem Tode bedroht. Dann hatte sie zu Sabines Schrecken ein Messer aus ihrer Handtasche gezogen und ihr damit in den Oberarm gestochen. Dort hatte sie nun eine Narbe. Nach einer Anzeige gegen die

Frau, war diese Umgezogen. Die Familie hatte ihre Ruhe.

Sabine warf einen Blick in Richtung Kürbispflanze. Diese Pflanze wurde extrem groß. Schon länger schnitt Aloisius Blüten ab, um gefüllte Kürbisblüten zu machen, aber auch, damit die Kürbisse, welche überblieben, größer wurden. Manche Blüten waren im Schatten gewachsen. Diese schnitt Aloisius sofort ab. Es war unwahrscheinlich, dass aus diesen Blüten große, brauchbare Kürbisse wurden. Darum machte er lieber Kürbisblüten.

Die Kürbispflanze war wirklich riesig geworden. Sie war einen, beinahe zwei Meter lang und verschattete alle anderen Pflanzen im Hochbeet. Luisa kümmerte sich um diesen Kürbis und nannte ihn Karl. Aber nicht nur der Kürbis war für sie wichtig. Alle Pflanzen im Garten waren ihre Aufgabe, was sie sich gewünscht hatte.

Ihr ganz besonderes Sorgenkind, war der Rosenbogen, denn eine der zwei Rosen war keine Kletterrose und die andere wuchs nicht dem Rosenbogen entlang. Luisa band die Äste der Rose an den Bogen fest und hoffte, dass auch eine Rose für einen schönen Rosenbogen reichte. Und es funktionierte. Die Kletterrose wurde von Woche zu Woche größer. Immer wieder entfernte Luisa die Schnüre, mit denen sie die Äste festgebunden hatte, weil das nicht so schön aussah. Es dauerte nur wenige Tage, bis die Pflanze machte, was sie sollte. Nach vierzehn Tagen wurden die Schnüre entfernt und neue angebracht. Vielleicht würde der Rosenbogen in einem Jahr perfekt aussehen. Für Pflanzen hatte Luisa ein Händchen. Sabine fragte sich, von wem sie das hatte. Sie hatte eindeutig keinen grünen Daumen und Aloisius auch nicht wirklich. Es schien, als wäre das eine Fähigkeit, die nur Luisa hatte, niemand anderes in der Familie. Oder doch? Lisas Garten war ein Wunder. Doch so oder so, dank Luisa war der Garten schön und naturnah zugleich.

Der hintere Teil des Gartens war ein chaotischer Nutzgarten. Der vordere Teil des Gartens war ein Ziergarten, dessen besondere Schönheit in den Wiesenblumen, die aus dem Rasen wuchsen, bestand. Rosenbüsche und Hortensien wuchsen im Garten. Genauso wie wilde Rosen, für schöne, insektenfreundliche Blüten und der Rosenbogen gefiel den Tieren ebenfalls gut. Ein paar Feuerlilien blühten an der Grenze zum hinteren Teil und ein Palmkätzchenbusch. Alles war sehr schön, naturnah und Insektenfreundlich. Im hinteren Teil des Gartens gab es ein Insektenhotel und ein Stück Wiese, das nicht gemäht wurde. Luisa wäre wirklich eine gute Gärtnerin.

„Essen ist fertig. Kommt ihr?" rief Aloisius aus der Küche. Sabine ging mit Paul und Luisa zu ihm. Es gab Kürbiscremesuppe. So ziemlich das einzige Gericht, das Sabine auch kochen konnte. Wobei, Zucchinicremesuppe kochen konnte sie auch noch. Aber das war dasselbe, nur halt grün und ein etwas anderer Geschmack. Die Kinder hatten eine Woche lang zwei unterschiedliche Suppen gegessen und natürlich hatte ihnen das nicht gefallen.

Als sie mit dem Essen fertig waren, setzte Sabine sich auf die Terrasse. Sie bemerkte einen Umzugswagen neben dem lehrstehenden Haus. Offenbar bekamen sie neue Nachbarn. Ein Paar mit einem kleinem Mädchen schien einzuziehen. Die Frau war vermutlich Ende zwanzig, der Mann Anfang dreißig. Die Tochter wurde von Sabine auf vier oder fünf Jahre geschätzt. Die Familie machte einen freundlichen Eindruck. Aloisius betrat die Terrasse.

Der Mann bemerkte ihn, und konnte ihn anscheinend recht schnell einordnen. Sabine ging zu den neuen Nachbarn. Der Mann fragte sie sofort: „Wie können sie mit diesem Mann zusammen sein? Er hat vier Menschen umgebracht. Er ist gefährlich." Sabine kannte solche Vorwürfe: „Ist er nicht. Ich lebe seit fast zwanzig Jahren mit ihm zusammen. Es war in Therapie und hat seitdem nie wieder jemandem etwas getan. Sie können auch gerne mit den anderen Nachbarn sprechen. Die werden Ihnen bestätigen, dass sie überreagieren. Und ich weiß nicht, ob sie mit seinen grausamen Kindheitserfahrungen zurechtgekommen wären." Nun mischte sich auch die Frau ein: „Also wirklich Tobias! Jeder Mensch hat eine zweite Chance verdient. Und hast du ein einziges Mal daran gedacht, wie sich das für ihn anfühlen muss? Jetzt gib ihm wenigsten eine Möglichkeit, uns zu beweisen, dass er sich geändert hat." „Ja Hanna." Der Mann senkte ganz leicht den Kopf. Sabine konnte sich ein Lächeln kaum verkneifen. Ihr war bewusst, wer in dieser Beziehung die Hosen anhatte. Zum Glück. Die Tochter schien davon nichts mitbekommen zu haben.

Sabine wusste, dass diese Familie sie akzeptieren würde. Entgegen Aloisius früheren Befürchtungen konnten sie in Ruhe leben und arbeiten. Sie konnten ein normales Leben führen. Wie jede andere Familie auch. Vergangenheit war Vergangenheit. Zum Glück dachten inzwischen viele Menschen so. Das war für Sabine und Aloisius der Schlüssel in ein normales Leben geworden. Immer mehr Vorurteile lösten sich in Luft auf.